부캐와 함께 나만의 에세이 쓰기

부캐와 함께 나만의 에세이 쓰기

2023년 8월 31일 초판 1쇄 펴냄

지은이 조동범
편집 박은경
펴낸이 신길순
펴낸곳 도서출판 **삼인**
전화 (02) 322-1845
팩스 (02) 322-1846
이메일 saminbooks@naver.com
등록 1996년 9월16일 제25100-2012-000045호
주소 (03716) 서울시 서대문구 성산로 312 북산빌딩 1층

디자인 디자인 지폴리
인쇄 수이북스

ISBN 978-89-6436-249-5 03800
값 15,000원

부캐와 함께
나만의 에세이 쓰기

한 권의 책이 되는 글쓰기

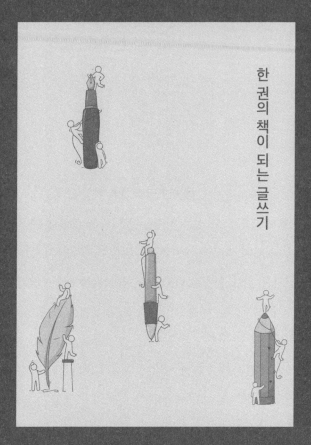

조동범 지음

삼인

에세이를 쓰려는 당신을 위하여

언뜻 철 지난 유행 같기도 하지만 글쓰기에 관심을 갖는 사람들이 많아졌다. 글을 쓰고 싶은 사람들이 이렇게 많았던 때가 있었나 싶을 정도다. 더구나 일기처럼 혼자 간직하는 데 그치지 않고 누군가를 위한 공개된 글쓰기를 한다는 점에서 예전과 다른 분위기가 느껴진다. 독자를 대상으로 한 글쓰기는 오랫동안 작가들의 전유물로 여기는 경우가 많았다. 하지만 디지털 시대가 시작되면서 글쓰기에 대한 생각이 완전히 달라졌다. 많은 이들이 디지털 시대가 열리며 책과 문학, 글쓰기가 당장이라도 사라질 것처럼 유난을 떨었지만 의외의 상황이 펼쳐졌다. 오히려 글쓰기에 대한 관심이 많아졌을 뿐만 아니라 누구나 작가가 되어 글을 쓰는 시대가 된 것이다. 디지털 시대에 아날로그 시대의 글쓰기가 관심을 끄는 상황에 어리둥절한 마음이 들기도 하

지만 여전히 글쓰기에 매력을 느끼는 이들이 많다는 사실에 다
행스럽다는 마음이 든다.

글을 쓰는 것은 '나의 목소리'를 다른 사람에게 들려주는
특별한 행위다. 많은 이들이 다른 사람에게 자신의 목소리를 들
려주고 싶은 바람을 본능처럼 가지고 있다. 그만큼 글을 쓰고
싶은 마음은 자연스러운 것이다. 이때 가장 익숙하게 시도하는
것은 에세이 쓰기다. 에세이를 '일정한 형식에 구애받지 않고
자신의 생각이나 느낌을 표현한 글'로 생각한 탓일 테지만 그것
만으로 에세이에 대한 익숙함을 설명할 수는 없다. 사람들이 에
세이 쓰기를 친숙하게 느끼는 것은 에세이의 유연한 형식 때문
이기도 하지만 자신의 목소리를 들려주고 싶은 갈망과 가장 맞
닿아 있는 장르이기 때문이다. 더구나 우리는 이미 이런저런 에
세이를 써본 경험이 많기 때문에 (글쓰기에 대한 두려움에도 불구하
고) 에세이를 익숙하게 여긴다. 학교 다닐 때 쓴 과제와 리포트,
소논문은 물론이고 일기, 블로그, SNS에 올리는 글 등 에세이
쓰기 경험은 그야말로 차고 넘친다. 하지만 '형식에 구애받지
않고 쓰는 글'이라는 정의는 에세이에 대한 오해와 고정관념을

만들어내는 원흉이기도 하다.

　에세이 쓰기가 아무리 익숙하다고 해도 글을 쓰는 것은 여전히 어렵다. 때로는 에세이의 익숙함이 만든 고정관념이 오히려 에세이 쓰기를 방해하기도 한다. 예쁜 문장을 사용해야 한다는 생각이 상투적으로 꾸민 표현을 만들고, 감정에 충만해야 된다는 강박은 손발이 오그라드는 감상적 문장을 만든다. 때로는 왜 썼는지, 무엇을 말하려고 했는지조차 알 수 없는 글이 되거나 푸념이나 하소연에 머무는 경우도 많다. 더구나 '붓 가는 대로 쓴 글'이라 하여 하나마나 한 이야기를 늘어놓은 에세이를 마주할 때면 한숨만 나올 뿐이다. 자신이 경험한 일상과 생각을 아무렇게나 쏟아내는 건 감정의 배설이다. 에세이는 결코 만만하게 생각할 대상이 아니다. 그렇다고 에세이 쓰기를 부담스러워할 필요는 없다. 문학에 대한 쓸데없는 환상과 과잉 감정만 버려도 좋은 에세이를 쓸 수 있으니까 말이다.

　일단 에세이 쓰기를 특별하게 생각하지 않는 것이 중요하다. 당연히 에세이를 쓰는 것 때문에 스트레스를 받을 필요도 없다. 에세이를 잘 쓰려면 어깨에 힘을 빼야 된다. 평소에 친구들과 수다를 떨거나 직장 동료들과 어젯밤에 본 드라마에 대해 말하는 것처럼 쓰는 것도 좋다. 너무 진지하게 쓰려고 하지 말고 말할 때처럼 편하게 쓰면 된다. 그것도 아니라면 SNS에 올리는 글처럼 써도 좋다. 오히려 문학적인 폼을 잡거나 감정을 잔뜩 잡고 쓸 때 망하기 쉽다. 말도 안 되는 이야기 같지만 정말 그렇다. 글쓰기에 익숙하지 않은 사람이 '글을 쓴다는 강박'에 사로잡히면 오히려 글쓰기는 멀리 달아나고 만다. 친구들과 편하게 나누는 '말'처럼 자연스럽게 쓸 때 좋은 글이 될 가능성이 높다. SNS에 쓰는 글은 책상 앞에 앉아 잔뜩 긴장하고 쓰지 않는다. 오히려 친구들에게 수다를 떠는 것과 비슷하다는 점에서 말에 더 가까운 글이다. SNS에 올린 글이 편하고 자연스럽게 느껴지는 것은 그런 이유 때문이다.

혹시라도 SNS에 올리는 글처럼 쓰는 것을 유치하고 저급한 것이라고 생각한다면 그러지 않았으면 좋겠다. 오히려 문학적 감수성으로 가득한 글이야말로 낡고 유치한 것임을 깨달아야 한다. 낙엽이니 첫눈이니 사랑이니 그런 단어를 아무렇지도 않게 쏟아내면 안 된다. 쓸 수는 있지만 조심스럽게 사용해야 한다. "시몬, 너는 좋으냐? 낙엽 밟는 소리가" 같은 시구를 아름답다고 생각해서도 안 된다. 이 작품이 가치가 없다는 말이 아니다. 구르몽이 「낙엽」을 쓴 게 1892년이니 백 년도 훨씬 전의 일이다. 이런 표현이 문제인 이유는 현재의 관점에서 너무 낡은 것이기 때문이다. 19세기의 감수성과 표현을 21세기에 가져오는 것은 분명 문제다. 세상에 낙엽이라니……. '낙엽'은 이미 수백 년 동안 마르고 닳도록 쓰인 표현이기 때문에 진부하고 낡은 감수성이 덕지덕지 덧씌워진 단어가 되어버렸다. 때문에 '낙엽'과 같은 단어나 감수성을 표현할 때는 특별한 주의를 기울여야 한다.

이 책은 좋은 에세이를 쓰는 방법에 대한 내용을 담고 있지만 문장과 관련된 글쓰기만을 이야기하지 않는다. 문장 작성법을 포함하여 에세이 쓰기 전반을 다루고 있다. 좋은 에세이를 기획하고 소재를 선정하는 방법, 쓰는 사람의 감각과 관련된 내용 등을 통해 생생한 에세이 쓰기가 되도록 안내한다. 글쓰기에 대한 내용 역시 묘사와 진술을 중심으로 참신한 문장을 쓸 수 있도록 구성했다. 그뿐만 아니라 감정을 조절하는 방법이나 글쓰는 태도 같은 것도 이야기한다. 그리고 한 편 한 편 쓴 글이 한 권의 책이 되는 과정을 안내한다. 출판사에 원고를 투고하여 출간하는 과정까지 담았다. 한 권의 책을 염두에 두고 글을 쓰면 훨씬 좋은 결과물을 얻을 수 있다. 물론 글을 쓴다고 무조건 책을 낼 수 있는 건 아니다. 하지만 한 권의 책을 생각하고 글을 쓴다면 놀랄 만한 결과와 맞닥뜨리게 될 것이다. 이 책이 안내하는 대로 무엇을 쓸지 정한 뒤에 매일매일 글을 쓰도록 하자. 그러면 어느새 한 권 분량의 원고를 갖게 될 것이다. 이 책의 부제를 '한 권의 책이 되는 글쓰기'로 정한 이유다.

이제 누구나 작가가 되어 글을 쓸 수 있는 시대가 되었다. 작가가 되기 위한 특별한 조건도 없고 글을 쓰는 환경도 매체도 달라졌다. 더 나아가 작가에 대한 개념도 달라졌다. 예전에는 신춘문예나 문예지 신인상을 받아 등단을 하거나 출판사에서 책을 낸 사람을 작가로 여기는 경우가 많았지만 지금은 그렇지 않다. 등단을 하지 않거나 책을 내지 않아도 작가로 인정받는 시대가 되었다. 오히려 등단이나 출간 여부를 따지는 사람을 이상

　　　　　　　　　　　　　作가의 말

하게 보기도 한다. 그뿐만 아니라 매체도 다양해졌기 때문에 마음만 먹으면 어떤 방식으로든 자신이 쓴 글을 발표할 수 있다. 특히 인터넷은 글을 발표할 수 있는 다양한 기회가 된다는 점에서 글쓰기의 좋은 도구이자 놀이터다. 전통적인 글쓰기만 떠올리지 말고 인터넷 공간에서의 글쓰기도 적극적으로 활용하도록 하자. SNS도 마찬가지다. 생각해보면 SNS만큼 에세이에 적합한 글쓰기의 장이 있을까 싶다. 실제로 이름이 알려진 작가들역시 SNS를 활용하여 글을 쓰고 책을 낸다. SNS에 쓴 글을 심심풀이라고 폄하할 이유가 전혀 없다. 그것을 어떻게 이용하느냐의 문제일 뿐이다. 이처럼 누구나 글을 쓸 수 있고 작가의 경계가 무너졌다는 말은 글을 쓰는(혹은 쓰고자 하는) 우리 모두가 이미 작가일 수 있음을 의미하는 것이기도 하다.

에세이는 어떻게 쓸 것인가의 문제보다 그동안 가지고 있던 고정관념을 어떻게 버리느냐가 중요하다. 에세이에 대한 그간의 상식을 버려야 좋은 에세이를 쓸 수 있다. 우리가 알고 있는 에세이로부터 가장 멀리 도망가야 한다. 문학에 대해 품고 있는 낭만적 태도 역시 버려야 한다. 잘못된 낭만은 에세이를 감상적으로 만든다. 그만큼 객관적이고 이성적인 태도도 중요하다. 문학적 감수성을 강조한 에세이도 있지만 이성적이고 지적인 에세이도 얼마든지 가능하기 때문이다. 엘리엇은 시를 "감정으로부터의 도피"라고 말했다. 엘리엇의 이 말은 문학적 감정 모두를 버려야 한다는 의미가 아니다. 감정의 과잉 상태를 경계해야 함을 지적한 말이다. 엘리엇의 말은 에세이에도 적용된다. 자, 이제 에세이를 써보도록 하자. 눈물 흘리지 않고, 낙엽도 밟지 말고, 헤어진 연인을 떠올리며 슬픔에 빠지지 않은 마음으로 하루하루 묵묵히 쓰고 또 쓰자. 그러면 어느 날 문득 작가가 된 당신이 뚜벅뚜벅, 당신의 글 속에서 걸어 나올 것이다.

2023년 8월

조동범

2. 좋은 문장과 나만의 에세이 쓰기

3. 세상의 모든 에세이 쓰기

1

부캐와 함께 에세이를

부캐와 함께
에세이를

나무위키 '유재석/부캐' 항목을 보면 개그맨이자 MC인 유재석의 부캐 목록이 있다. 〈놀면 뭐하니〉라는 TV 프로그램에 등장하는 유재석의 부캐릭터인데, 무려 열다섯 개나 된다. 부캐의 종류도 정말 다양해서 유재석의 기상천외한 모습을 볼 수 있다. 부캐릭터의 면면을 보고 있노라면 변화무쌍한 느낌마저 든다. 유재석의 본캐는 개그맨과 MC지만 엄청나게 다양한 부캐를 통해 매력의 영역을 넓히고 있다. 부캐를 열거하자면 '유고스타, 유산슬, 유라섹, 닭터유, 유DJ뽕디스파뤼, 유르페우스, 유샘, 유귀농, 유두래곤, 지미 유, 카놀라유, 유팡 러브유, 유야호, 유 본부장, 유팔봉 등이다. 각각의 부캐는 서로 다른 개성을 보여주는데 가수, DJ, 요리사 등 개그맨이자 MC인 유재석과 다른 모습을 가지고 있다. 이중에서 가장 많이 알려진 유두래곤은 가수 이효리, 비와 함께 만든 프로젝트 그룹 싹쓰리의 캐릭터다. 이효리와 비 역시 각각 린다G와 비룡이라는 부캐로 활동했다. 싹쓰리는 실제 음원을 발표하며 음악 순위 프로그램에서 1위를 차지하는 등 활발하게 활동하기도 했다.

싹쓰리를 비롯하여 유재석의 부캐가 등장하는 TV 프로그램은 시청자들의 많은 호응을 얻었다. 유재석의 부캐가 인기를 끈 이유 중 하나는 의외성 때문인데 본캐와 다른 모습이 인상적으로 다가왔다. 시청자들은 본캐에서 발견하지 못했던 부캐의 모습을 보며 열광했다. 이처럼 부캐는 본캐의 모습으로부터 비껴 있기 때문에 신선하게 다가온다. 그런데 부캐가 갖고 있는 이런 특징은 에세이를 쓸 때도 나타난다. 부캐를 내세우면 쓸 마음조차 갖지 못했던 글감에 도전할 수 있을 용기가 생길 뿐만 아니라 에세이의 완성도가 높아지기도 한다. 심지어 문체마저 다른 사람이 쓴 글처럼 새롭게 바뀌기도 한다. 이게 내 목소리가 맞나 싶은 생각이 들 정도로 매력적인 문장도 만날 수 있다. 지금까지 발견할 수 없었던 세상을 만난 것 같은 느낌이 들 정도다.

에세이는 작가가 자신의 이야기를 직접 들려주는 경우가

많기 때문에 대부분 본캐의 목소리와 일상, 익숙한 관심사만 드러나는 경우가 많다. 평상시 작가의 모습이 화자에 투영되기 때문에 다른 모습을 찾아보기 힘들다. 특히 본캐의 생각과 글이 진부함에 갇힌 경우에 문제가 발생한다. 이런 사람의 에세이는 상투적인 모습만 재현할 뿐이다. 진부한 에세이 쓰기를 멈추지 못한 채 비슷한 글만 반복한다. 새로운 에세이 쓰기를 모색하지 않기 때문에 작가의 내면에 숨어 있는 또 다른 목소리나 관심사, 감각 등이 드러나지 않는다. 자신이 해왔던 방식만 고수하기 때문에 발전이 없다.

본캐는 여러 가지 모습과 양상으로 나타나며 우리의 멋진 에세이 쓰기를 훼방 놓는다. 우리가 에세이에 대해 가지고 있는 고정관념도 일종의 본캐의 폐해라고 볼 수 있다. 감상적이고 상투적인 문장과 소재로 뒤범벅된 이야기를 에세이의 진짜 모습이라고 생각하고 그런 방식으로만 쓴다. 부캐라고 할 수 있는, 다른 방식의 에세이 쓰기는 시도조차 하지 않는다. 본캐의 에세이 쓰기 방식만 버려도 훨씬 좋은 글을 쓸 수 있는데 말이다.

이외에 작가의 직업이나 성향과 관련해서도 본캐와 부캐의 글쓰기 특징이 나타나기도 한다. 이를테면 작가가 학교 선생

부캐와 함께 에세이를

님인 경우, 학교 선생님이라는 본캐의 목소리와 관심사만 들려주는 경우가 많다. 다른 목소리로 쓸 생각을 아예 못 한다. 이때 주변 사람들이 학교 선생님인 작가에게 기대하는 것 역시 여기에서 크게 벗어나지 않는다. 본캐에만 머물러 있기 때문에 매번 꼰대 같은 글만 쓴다. 좀비나 탱고에 대한 글을 쓸 생각도 시도도 하지 못한다. 이와 같은 경우는 얼마든지 있으며 누구나 겪을 수 있는 문제다. 숨어 있는 또 다른 자아를 발견하려는 마음을 먹지 않는다면 새롭고 흥미진진한 부캐의 세계에 가닿을 수 없다.

우리 안에는 무수히 많은 자아가 있기 마련이다. 평생 한눈팔지 않고 한 가지 일에만 몰두했던 사람이라고 하더라도 그 안에 술을 좋아하는 자아가 있을 수도 있고 음악을 좋아하는 자아가 있을 수도 있다. 지금까지 살아온 것과 정반대의 삶을 살고 싶은 본능이 억눌린 채 숨어 있을 수도 있다. 부캐는 지금까지와는 다른 자아와 만나는 일이다. 그리고 부캐를 발견하는 것은 다채로운 글감과 만나는 일이기도 하다.

본캐의 목소리로 에세이를 쓰는 것도 좋지만 글의 외연을 넓히기 위해서라도 본캐 이면에 숨어 있는 부캐로 글을 써보자. 자신이 쓴 에세이의 진부함 때문에 고민인 사람이라면 꼭 시도해보자. 부캐로 글을 쓰는 것은 세상에 대해 무한한 호기심을 갖는 것이다. 평소라면 엄두 내지 못했던 것들에 용기 있게 다가가는 것이다. 부캐가 되어 글을 쓰는 작가와 하자는 익숙한 것을 상투적으로 풀어놓지 않는다. 부캐는 본캐의 일상으로부터 떨어져 있는 존재이기 때문에 매력적인 글감을 발견하는 능력이 뛰어나다. 낯선 글감이 눈에 들어오기 시작하면 그때부터 흥미로운 에세이 쓰기를 시작할 수 있다. 새로운 글감은 작가에게만 의미 있는 것이 아니다. 독자들도 흥미롭게 여기는 소재이기 때문에 가치 있는 글과 책이 될 가능성이 많다.

그런데 어떤 이들은 부캐를 설정하거나 부캐를 앞세운 이야기에 대해 부정적인 시선을 보내기도 한다. 작가의 기존 모습이나 관심사가 아니라는 이유로 거짓 세계라고 말한다. 그러나 부캐를 내세워 쓴 에세이는 숨어 있던 자아를 발굴하여 드러낸 새롭고 멋진 세계이지 가짜가 아니다. 익숙한 글감이나 작가의 원래 태도에서 벗어났다는 이유만으로 진정성 없는 글이라고 폄하할 수는 없다. 부캐가 쓰는 에세이 역시 본캐와 다를 바 없다. 오히려 부캐를 내세워 에세이를 쓰는 것은 프로 의식을 가지고 글을 쓰는 멋진 일이다. 나를 버리니 비로소 내가 보인다

부캐와 함께 에세이를

고 할까? 그런 점에서 부캐는 작가 자신의 또 다른 본캐이다. 따라서 부캐를 내세운다는 것은 '나'와 완전히 다른 가식적인 자아를 등장시키는 것이 아니다. 본캐와 다른 부캐라 하더라도 결국 내 안에 있는 캐릭터의 하나를 발견한 것이기 때문이다. 부캐를 내세워 에세이를 쓰는 것은 내 속에 숨어 있거나 감춰 있던 자아를 찾는 것이지 존재하지 않는 자아를 억지로 만든 것이 아니다.

그렇다면 어떻게 부캐를 찾아야 할까? 평소에 찾지 못한 부캐를 갑자기 찾는다고 발견할 수 있을까? 아마 많은 이들이 부캐를 찾는 것에 어려움을 느낄 것이다. 그동안 글을 쓸 때 본캐로만 글을 썼기 때문에 부캐를 찾는 것이 어려운 것은 당연하다. 하지만 부캐를 찾는 것은 의외로 간단하기 때문에 크게 고민할 필요는 없다. 평소에 관심을 갖고 있던, 글감으로 괜찮은 소재를 떠올리고 호기심 가득한 마음으로 그것을 바라보는 것만으로도 충분하니까 말이다. 부캐는 난데없는 캐릭터를 억지로 만드는 것이 아니다. 작가가 그동안 생각하고 있던 글감에 대한 고정관념을 버리는 것으로부터 부캐는 단생한다. 글감이 될 거라고 생각하지 못했던 것들을 열린 마음으로 받아들이면 된다.

조금 특별하고 재미있는 글감을 찾는 것도 방법이다. 공대를 나온 엔지니어가 만화에 대한 에세이를 쓰거나 평범한 회사원이 구체관절인형에 대한 글을 쓰는 것처럼 말이다. 에세이의 전형성을 벗어나 만화와 구체관절인형에 대한 글을 쓰다니! 뭔가 근사하지 않은가 말이다. 만약 이들이 에세이의 전형성을 벗어나지 못했다면 낙엽이 떨어지는 쓸쓸함, 커피 마시는 평화로운 오후, 김장 김치를 먹으며 떠올리는 엄마의 사랑 따위의 상투적인 에세이를 썼을지도 모를 일이다. 그렇다고 이런 감정이 쓸모없다는 말은 아니다. 다만 이런 진부한 에세이로는 더 이상 독자의 마음을 움직이지 못한다는 거다. 그런데 굳이 독자의 마음을 움직여야 하냐고? 독자의 마음은 당연히 움직여야 한다. 독자의 마음 따위 신경 쓰지 않고 에세이를 쓰려거든 혼자 쓰고 읽는 일기면 충분하다.

여기에 한 가지 더! 부캐를 내세우면 감정을 절제하는 객관적인 에세이 쓰기가 수월해진다. 사실 에세이가 망하게 되는 가장 큰 원인 중 하나는 감상적인 태도로 글을 쓰는 것이다. 감상으로 뒤범벅이 된 에세이는 수정조차 할 수 없는 회생불가 상태인 경우가 많다. 더구나 감상적인 에세이는 상투적이고 모호한 표현으로 직행하기 때문에 총체적 난관에 직면하게 된다. 그

부캐와 함께 에세이를

리하여 감상에 찌든 감정과 글은 어디선가 본 듯한 낡은 에세이가 될 뿐만 아니라 상식적인 감정에 취해 뜬구름 잡는 이야기만 늘어놓게 된다. 하지만 부캐를 내세워 에세이를 쓰면 이런 난감함으로부터 벗어나게 될 가능성이 커진다. 감상적인 마음과 일심동체가 된 작가를 구출하여 절제의 미덕을 부여하기 때문이다. 연인의 죽음을 경험한 사람의 마음은 무엇으로도 대체할 수 없는 아픔이지만, 그것을 에세이로 표현하여 드러내는 것은 다르다. 감정의 극단에 있을 때 오히려 좋은 에세이는 나오지 않는다. 감정으로부터 일정한 거리를 두고 있을 때 에세이가 주는 감동은 커지기 마련이다. 에세이 전체의 완성도도 마찬가지다. 글의 완성도 역시 엘리엇의 말처럼 "감정으로부터 도피"할 때 비로소 높아진다.

오타쿠처럼
에세이 쓰기

오타쿠처럼 에세이를 쓴다고? 대체 오타쿠처럼 에세이를 쓰는 것이 무엇일까? 오타쿠처럼 글을 쓴다는 말이 무엇인지 선뜻 이해되지 않는 사람이 많을 것이다. 오타쿠의 사전적 의미는 "만화나 애니메이션과 같은 한 분야에 마니아 이상으로 심취한 사람"이다. 예전에는 일본의 게임이나 만화, 애니메이션 등에 깊이 빠진 사람을 지칭하는 제한적인 의미로 사용된 단어인데, 폐쇄적이라는 점에서 언뜻 '히키코모리' 같은 뉘앙스를 풍기던 때도 있었다. 하지만 지금은 마니아에 더 가까운 의미로 쓰인다. 오타쿠가 관심을 두는 대상 역시 이제는 일본 문화에 국한되지 않는다. 오타쿠는 '오덕후'라고 부르기도 하는데 오타쿠를 우리 식으로 발음한 것이다. 오덕후를 줄여 '오덕'이나 '덕후'라고도 한다. 명칭이야 어찌 되었든 마니악한 것에 깊이 심취한, 조금은 독특

부캐와 함께 에세이를

한 사람을 지칭하는 말이다. 아마 우리 주변에도 오타쿠가 한 두 사람쯤 있지 않을까 싶다. 그런데 오타쿠가 에세이 쓰기하고 어떤 상관이 있을까? 에세이와 오타쿠라니! 아무리 생각해봐도 어울리지 않는 느낌이 드는데 말이다.

그런데 정말 에세이와 오타쿠는 어울리지 않을까? 둘 사이에 공통점이 별로 없어 보이는 것이 사실이기는 하지만 조금만 시선을 달리하면 오타쿠를 통해 좋은 에세이를 쓸 수 있다. 조금 의외일지도 모르지만 오타쿠와 연관된 것들은 실제로 에세이의 좋은 소재가 된다. 그런 이유에서 오타쿠의 심정으로 에세이 쓰기를 시도하면 좋다. 그런데 생각해보면 오타쿠와 연관된 것을 에세이로 쓰려는 시도가 많지 않음을 알 수 있는데, 그 이유는 마니악한 취미나 그걸 즐기는 사람의 삶이 글감이 될 수 있다는 생각을 못 하기 때문이다. 이런 오해는 에세이를 비롯한 문학과 글쓰기에 대한 고정관념 때문에 나타난다. 문학적 글쓰기를 뭔가 낭만적 감수성으로 파악하여 일차원적인 감정을 쓰는 것이 폼 나는 것이라고 생각하는 경우가 많아서이다. 낭만적 감수성이 아니더라도 감정으로 뒤범벅인 것을 쓰려는 태도를 보인다. 하지만 문학적 포즈를 잔뜩 잡은 에세이보다 오타쿠와 연관된 에세이를 쓰는 것이 훨씬 좋다. 감상적 인식으로 가득한 문학적 포즈는 제발 버리도록 하자. 그런 글을 생각하는 것만으로도 마음이 오글거리는 부끄러움에 사로잡히는 것 같다.

오타쿠는 폐쇄적이고 한 가지에만 몰두하는 외톨이일 것만 같다. 일정 부분 맞는 말이다. 그것만으로 오타쿠를 설명할 수는 없지만 그런 면이 있는 건 분명하다. 사회와 동떨어진 것 같은 느낌 때문에 그들 집단과 문화는 마이너한 것으로 치부되고는 한다. 그리고 그것은 쓸모없거나 무의미한 것으로 폄하되기 일쑤다. 이런 상황이다 보니 오타쿠와 관련된 것들은 글감으로 여기지 않는 경우가 많다. 물론 오타쿠가 관심을 갖는 마이너한 문화나 B급 감성에 관심을 기울이는 작가도 있지만 얼마 전까지만 해도 그런 이들이 많지 않았다. 그런데 정말 그럴까? 오타쿠들은 이상한 것에 관심을 가지고 있는 외골수일까? 그리고 오타쿠가 관심을 갖는 것들은 글쓰기의 대상이 될 수 없는 저급한 것들일까? 아무리 생각해도 오타쿠에 대한 편견은 이해할 수 없다. 오타쿠의 관심사를 소재로 글을 쓰면 안 되는 이유는 전혀 없다.

이런 편견에도 불구하고 분명한 건 오타쿠들의 관심사가 에세이의 글감으로 무척 매력적이라는 거다. 또한 오타쿠의 삶

역시 좋은 소재다. 오히려 오타쿠와 오타쿠 문화가 가지고 있는 감각이 웬만한 글감의 매력을 압도한다. 더구나 시대가 바뀌었고 이제 오타쿠들이 관심을 기울이는 것들은 더 이상 이상하거나 저급한 것이 아니다. 오타쿠들의 관심사는 감각적이고 특별하며 재미있는 경우가 많다. 그리고 그것들은 한 걸음 앞서 트렌드를 이끌기도 하는데, 이렇게 상황이 바뀐 데에는 문화를 바라보는 시대적 시선이 달라진 탓도 있다. 이제 B급 문화나 대중문화는 더 이상 비주류가 아니며 하위 장르 역시 아니다. 이러한 것들은 도리어 고급문화, 주류 장르로 불리던 것들을 압도하며 문화를 이끈다.

이를테면 피규어나 애니메이션에 대한 글이나 밀리터리 덕후에 대한 글은 생각만 해도 흥미진진하다. 편의점이나 라면 덕후도 좋은 글감이다. 실제로 편의점 덕후인 채다인 작가와 라면 덕후인 지영준 작가는 각각 『나는 편의점에 탐닉한다』(갤리온, 2008)와 『라면 완전정복』(북레시피, 2017)이라는 책을 출간한 바 있다. 두 책 모두 흥미로운 덕후 생활 이야기다. 『나는 편의점에 탐닉한다』는 편의점 덕후의 일상과 편의점에 대한 내용을 담고 있는데 특이한 점은 일반적인 산문의 문장으로 쓰지 않고 짧게 끊어 쓴 메모 같은 문장이 많다는 점이다. 편의점에서 판

매하는 물건을 소개할 때 주어, 목적어, 서술어로 이루어진 완성형 문장이 아니라 명사형 종결어미처럼 쓴 부분도 많다. 마치 SNS에 거칠게 쓴 글 같은 느낌이다. 일반적인 기준으로는 제대로 된 에세이라고 할 수 없을지도 모른다. 하지만 아름다운 문장으로 쓰이지 않은 이 책이 갖는 매력은 특별하다. 특별한 소재에 몰입하는 덕후의 생활이 무척이나 흥미롭게 읽힌다. 이처럼 어떤 경우에는 문장력보다 기획이 더 중요할 때도 있다. 채다인 작가는 『나는 편의점에 탐닉한다』를 출간하고 나서 여러 방송에 소개되었으며 음식평론가로 신문과 잡지 등에 글을 쓰기도 한다. 『나는 편의점에 탐닉한다』의 반응에 힘입어 여러 권의 음식 관련 책을 출간했으며 외국 책을 번역하여 소개하기도 했다. 『나는 편의점에 탐닉한다』를 내고 나서 본인이 꿈꾸었던 편의점 본사에 취업도 했는데, 구직 활동 중에 면접을 본 어느 편의점 회사 임원이 채다인 작가를 알아보기까지 했다고 하니 책 한 권이 인생을 바꾼 케이스라 할 만하다.

『라면 완전정복』의 경우 책이 나오기 전, 방송에 출연한 지영준 작가를 먼저 보았는데 라면 전문가로 소개되는 장면을 보자마자 책으로 내면 좋겠다는 생각이 들었다. 아니나 다를까 방송 출연 이후 얼마 지나지 않아 『라면 완전정복』이 출간되었

부캐와 함께 에세이를

다. 그런데 라면 덕후인 지영준 작가가 출연한 프로그램은 놀랍게도 〈수요미식회〉였다. 수요미식회의 라면 특집도 신선했지만 그곳에 라면 블로거를 초대 손님으로 섭외한 것이 인상적이었다. 라면 덕후 지영준 작가가 음식평론가 못지않은 인정을 받은 것이다. 방송 출연 당시 지영준 작가는 대학생이었으며 채다인 작가와 마찬가지로 책을 낸 경험이 없었다. 어떻게 보면 그야말로 라면 덕후에 불과했지만 방송 출연에 이어 산문집 출간까지 자연스럽게 이어졌다. 이외에도 오타쿠들의 세계는 무궁무진하며 책을 출간한 경우도 많다.

오타쿠들의 관심사가 매력적인 글감인 이유는 무척 많다. 일단 그들의 관심사 자체가 트렌디하다는 점이다. 어떤 사람들은 오타쿠들의 관심사를 이상하게 보기도 하지만 그런 시선이야말로 고루하다. 오타쿠들의 트렌디한 관심사는 당연히 감각적일 수밖에 없는데 이런 것을 소재로 삼은 글 역시 감각적인 느낌을 주게 된다. 그리고 트렌디한 소재를 다루기 때문에 사람들이 관심을 가지고 흥미롭게 본다. 트렌디한 글은 시대를 잘 파악하여 반영한 것이기 때문에 긍정적인 부분이 많다. 또한 독자들이 흥미를 느낄 뿐만 아니라 공감을 이끌어낸다는 점에서 글감으로 좋다. 더구나 오타쿠와 연관된 글감은 모호하지 않고 구체적인 것들을 대상으로 삼는 경우가 많다. 모든 글은 두루뭉술하게 쓰는 것보다 구체적인 문장으로 쓰는 것이 좋다. 글감을 '가을에 느끼는 쓸쓸함'이나 '차가운 도시의 비애'처럼 모호하게 가져오면 글도 불분명하게 될 수밖에 없다. 하지만 피규어, 애니메이션, 편의점, 라면처럼 구체적인 대상을 글감으로 삼으면 결과물인 글도 구체적인 것이 된다.

그런데 글을 쓸 때 언제나 주제 의식을 담기 위해 애쓰는 사람들이 있다. 에세이도 마찬가지다. 사회적인 이슈와 같은 거창한 주제가 아니더라도 글의 마지막에 교훈을 주려는 듯 주제를 넣으려고 한다. 물론 에세이도 그렇고 글이란 것이 작가가 하고 싶은 이야기가 있기 마련이다. 그것을 주제라고 할 수 있다. 문제는 너무 무겁고 진지하거나 감동과 사유를 드러내려는 강박에 시달릴 때 나타난다. 주제에 대한 이런 강박은 곤란하다. 대체 왜 이런 주제에 매달리는지 이해가 안 된다. 이런 주제를 넣어야 하는 글이 있는 반면 그렇지 않은 글도 있다. 그런데 주제에 강박을 가진 사람들은 모든 글이 교훈적이거나 감동적이지 않으면 안 될 것처럼 쓰려고 한다. 주제를 완전히 무시하자는 말이 아니다. 그저 거기에 너무 얽매이지 말자는 이야기다. 일제강점기의 근대소설도 아닌데 왜 이렇게 교훈과 감동에 연

부캐와 함께 에세이를

연하는지 모르겠다. 때로는 가벼운 감각 자체만으로도 충분하다. 오타쿠와 연관된 에세이는 묵직한 주제보다 감각에 의지하는 경우가 많은데 그냥 그거면 족하다.

그럼 이제 오타쿠와 연관된 것을 소재로 에세이를 써보자. 글이 감각적이지 못해서 고민인 사람이라면 단번에 문제를 해결할 수도 있다. 에세이에 대해 너무 무겁게 생각하는 사람들 역시 오타쿠의 관심사를 내 것으로 만들어보자. 우리는 그동안 글쓰기를 너무 진지하게만 생각했던 게 아닐까? 이제부터 그러지 말자. 진지한 글을 쓰지 말자는 이야기가 아니다. 진지한 것만이 글이 아니라는 점을 깨닫자는 거다. 이런 진지함 때문에 꼰대 같은 글만 쓰고 있었던 건지도 모른다. 오타쿠가 되어, 오타쿠의 관심사를 쓰는 것은 얼마나 신나고 재미있는 일이던가. 우리는 그동안 오타쿠들이 관심을 기울이는 것들은 에세이의 소재로 적합하지 않은 것이라고 지레짐작하고 있었는지도 모른다. 아니, 처음부터 오타쿠와 관련된 것들은 에세이의 소재로 적합하지 않다고 생각하고 있었는지도 모를 일이다. 어쩌면 오타쿠와 그들의 관심사를 저급한 것이라고 애써 폄하하고 있었는지도 모른다. 하지만 이런 생각이야말로 시대에 뒤처진 잘못된 생각이다.

오타쿠가 된다는 것은 우리가 살고 있는 이 시대의 가장 흥미로운 것들을 내 삶에 끌어들이는 것일 수 있다. 그리고 그것은 시대를 읽는 것이며 삶의 감각을 놓지 않는 것일 수도 있다. 에세이를 비롯한 대부분의 글은 현재를 반영하며 당대성을 갖는다. 따라서 감각을 놓치게 되면 글의 힘을 잃어버리게 된다. 글을 쓰는 사람은 현재의 감각을 놓치면 안 된다. 오타쿠는 그런 점에서 첨예한 감각의 한가운데 있는 존재다. 그들은 결코 히키코모리가 아니며 자신의 세계에 갇혀 한 가지에 맹목적으로 몰입하는 이들도 아니다. 오타쿠는 어떤 점에서 오늘을 읽을 수 있는 창이며 글 쓰는 이들이 놓아서는 안 되는 빛나는 감각이기도 하다.

부캐와 함께 에세이를

착한 에세이만 쓰려고
하지 말아요

작가의 태도와 글에 대해 생각해본다. 사람들은 작가가 쓴 글을 통해 무엇인가 얻기를 원하는 경우가 많다. 이때 독자가 얻고자 하는 것은 지식일 수도 있고 교훈일 수도 있으며 감동일 수도 있다. 때로는 단순히 재미나 흥미를 충족하기 위한 경우도 있다. 아무튼 그것이 무엇이든 독자는 글을 통해 무엇인가를 얻고자 한다. 작가 역시 독자가 원하는 것을 전달하고자 한다. 독자가 원하는 것이 하나도 없는데 무작정 글을 쓰는 작가는 없다. 물론 별다른 가치를 느끼기 힘든 글도 있다. 하지만 이 경우도 작가의 역량 부족 때문이지 처음부터 독자를 실망시키고자 글을 쓰지는 않는다.

그런데 여기에서 한 가지 생각해볼 것이 있다. 독자에게 무엇인가를 주려는 작가의 태도가 어떠해야 하는지에 대한 문제다. 얼마 전, '착한 글'의 문제점을 지적한 SNS 글을 읽은 적이 있다. 에세이의 문제점을 적확하게 지적한 이 글을 통해 에세이 쓰기가 나아가아 할 빙항을 다시 한번 생각해보았다. 지인의 SNS 글을 옮기면 다음과 같다. "산문집 속의 화자는 언제나 착하다. 늘 깨닫고 늘 아름다운 시선으로 바라보고 늘 따뜻하고 늘 피해자다. 어려움을 겪어도 고난을 겪어도 그는 씩씩하게 일어나고 절망을 희망으로 바꾸며 인간 승리를 보여준다. 무심하게 지나친 어르신의 이야기는 쓰지 않지만 마음 베풀어 도와준 어르신의 이야기는 쓴다. 결국 보여줘도 괜찮을 것들만 쓴다." 이분이 언급한 것은 주변에서 흔하게 볼 수 있는 에세이의 오류다. 에세이는 유독 이런 시선을 가지고 쓰는 경우가 많다. 에세이를 쓰는 작가의 시선을 재검토해야 한다.

혹시 착하고 따뜻하고 긍정적인 시선과 문장만 사용하여 글을 쓰려고 하지 않는지 생각해보자. 언제나 아름답고 희망에 찬 내용과 주제를 앞세워 글을 쓰려고 하는 건 아닐까 고민할 필요가 있다. 물론 이러한 내용을 담는 것 자체가 문제는 아니다. 이와 같은 글도 필요하다. 하지만 매번 아름다운 이야기만 늘어놓으며 '착하게 살자'고 하거나 '인생은 아름다운 것'이라고 말하는 것은 곤란하다. 슬픔과 고통을 이야기할 경우에도 아름답고 착한 시선을 내세워 그것을 포장할 필요는 없다.

독자에게 감동을 주는 에세이는 '착한' 내용일 때만 가능한 것이 아니다. 때로는 부조리한 세계를 드러냄으로써 우리가 추구해야 할 진실을 보여줄 수도 있다. 그리고 비극적인 이야기를 통해 우리 삶과 세계가 나아가야 할 지점을 제시할 수도 있다. 그러한 세계를 통해 독자들이 더 큰 감동과 미적 인식을 느낄 수도 있음을 깨달아야 한다. 그런데 어찌 된 일인지 에세이를 쓸 때 착한 작가 콤플렉스에 시달리는 사람들이 많다. 긍정의 언어를 쓰지 말자는 이야기가 아니다. 긍정의 언어와 함께 부정의 언어와 정서도 에세이 쓰기의 중요한 방법이라는 점을 알고 실천하자는 것이다.

생각해보면 소설이나 시는 물론이고 영화, 연극, 미술 등 대부분의 예술 장르가 부정의 언어를 주요 표현 수단으로 사용하고 있다. 그런데 유독 에세이는 긍정의 언어를 사용하는 경우가 많다. 우리가 살고 있는 현대 문명사회가 비극성을 전제한다는 것은 널리 알려진 사실이다. 비극적 세계 속에서 예술은 비극적 표현 방법과 고통의 언어를 갖게 되었다. 그런 가운데 긍정의 언어를 에세이의 주요 표현 방법으로 사용하는 것이 절대적인지 다시 한번 생각해볼 필요가 있다.

그런데 왜 많은 에세이가 착한 모습을 보여주려고 애쓰는 걸까? 그건 아마도 에세이가 자기 고백적 성격이 강한 글이기 때문일 것이다. 작가의 내면을 직접 보여준다는 생각 때문에 부정의 언어보다 긍정의 언어가 나오기 쉬운 것이다. 작가와 화자가 동일시되는 경우가 많기 때문에 착한 모습을 보여주고 싶은 강박이 작동한다. 하지만 시나 소설의 경우는 다르다. 작품 속 이야기가 작가 자신과 동일시되지 않는 경우가 많기 때문에 오히려 부정의 언어를 표면화하는 경우가 많다.

문제는 긍정의 언어로 착한 모습만 보여주려는 에세이의 경우, 진부함과 상투성의 함정에 빠질 가능성이 매우 높다는 데 있다. 특히 자기 고백적 내용을 전하는 에세이가 이런 오류를 범할 확률이 높다. 뿐만 아니라 작품의 완성도에 문제가 생길 여지도 많다. 물론 긍정의 언어가 무조건 좋지 않다는 것은 아니다. 그리고 부정의 언어만 쓰자는 말도 아니다. 다만 긍정의 언어를 지나치게 드러내려는 에세이가 문제라는 거다. 감동적이고 아름다운 이야기는 얼마든지 써도 좋다. 하지만 그것이 감상적인 인식을 통해 상투적인 진부함을 남발하면 안 된다. 우리 모두 조금 삐딱한 사람이 되어보는 건 어떨까?

'나의 이야기'는 모두
좋은 글이 될까요?

누군가 열에 들떠 풀어놓는 사랑 이야기는 정말이지 듣기 괴롭다. 내 이야기가 아니기 때문에 이루 말할 수 없을 만큼 따분하기 짝이 없다. 말하는 당사자에게는 너무나 소중한 추억일 테지만 듣는 사람은 정말 고역이다. 물론 상대방의 사랑 이야기가 무조건 듣기 곤혹스러운 것은 아닐 테지만 감정에 취한 채 막무가내로 감정적 동의를 구하면 대부분의 사람들은 견디기 힘든 상황에 직면하게 된다. 상대방의 사랑 이야기에 아무 감정이 생기지 않는 것은 물론이고 빨리 자리를 피하고 싶은 마음만 든다. 심지어 상대방의 절절한 사랑이 가소롭게 느껴지기도 한다. 상대방이 말하는 사랑이 뭐가 특별한지도 모르겠고, 그것이 나하고 무슨 상관인지도 모르겠다. 다른 사람의 사랑 이야기는 그만큼 지겹고 지루하다.

부캐와 함께 에세이를

다른 사람의 사랑 이야기가 재미없는 이유는 무엇일까? 그것은 그 이야기에 다른 사람들이 흥미를 느낄 수 없기 때문이다. 말하는 당사자에게는 더할 수 없이 특별한 이야기일 테지만 문제는 누구나 그런 사연 하나쯤 가지고 있다는 거다. 이야기를 듣는 사람 입장에서 하나도 궁금하지 않다. 사랑에 빠진 사람에게만 특별한 감흥이기 때문에 다른 사람의 공감을 얻지 못한다. 공감을 이끌어내지 못한다면 아무리 가슴 저미는 이야기라 하더라도 개인적인 추억 이상의 무엇이 되기 힘들다. 그런 가운데에서도 '자신의 이야기'는 특별하다고 굳세게 믿는 사람들도 있겠지만 대부분 자신만의 착각이다.

그럴 리가 없다고? 이렇게 가슴 절절한 사랑 이야기가 다른 사람의 공감을 얻지 못한다고? 이렇게 반문하는 사람도 있을 것이다. 그렇다면 별로 친하지도 않은 옆집 아저씨나 아줌마의 이야기를 떠올려보자. 옆집 아저씨나 아줌마가 오늘 아침밥으로 된장찌개를 먹었는지 냉면을 먹었는지 궁금한가 말이다. 이런 이야기가 아무런 관심을 끌지 못하는 것처럼 사랑 이야기도 마찬가지다. 소중한 사랑 이야기와 아침밥 이야기는 다르지 않냐고 항변할지 모르지만 이야기를 하는 사람이 느끼는 감동의 강도와 별개로 이야기를 듣는 사람은 큰 차이를 느끼지 못한다.

사실 여기에서 문제는 사랑이나 아침밥이라는 소재가 아니다. 상대방의 호응을 이끌어내지 못하는, '공적 담화'의 성격이 없는 '사적 담화'라는 것이 문제다. 이런 이야기가 상대방의 호응을 얻지 못하는 것은 그것이 지나치게 개인적인 사적 담화의 한계를 벗어나지 못하기 때문이다. 물론 개인의 사적 담화여도 상대방이 공감할 수 있는 '공적 담화'의 성격을 가지고 있으면 괜찮다. 그렇다고 사적 담화로서의 글쓰기를 하지 말라는 것은 아니다. 에세이를 비롯한 상당수의 글이 개인의 이야기를 다루고 있다는 점에서 사적 담화는 글쓰기의 중요한 방법론이다. 하지만 사적 담화가 개인의 푸념이나 하소연에 그치면 안 된다. 사적 담화라 하더라도 공적 담화의 성격이 들어가야 한다. 이때 공적 담화는 거창한 주제를 다뤄야 한다는 말이 아니다. 독자의 호응을 이끌어내는 것도 공적 담화이다. 당연히 사랑 이야기나 아침밥에 대한 글 역시 사적 담화의 한계를 벗어나기만 하면 충분히 좋은 글이 될 수 있다. 다만 '나의 이야기'를 쓸 때 사적 담화의 오류에 빠지기 쉽기 때문에 글쓰기에 익숙하지 않은 사람이라면 의도적으로 '나의 이야기'를 피하는 것도 방법이다.

어쨌든 우리가 글을 쓰려고 할 때 가장 쉽게 떠올리는 방법은 '나의 이야기'를 쓰는 것이다. 더구나 쓰려는 장르가 에세이일 경우, '나의 이야기'를 쓰는 것이 당연한 것처럼 생각되기도 한다. 자연스럽게 자신의 생각이나 직접 겪은 사건에서 글감을 가져오는 경우가 많다. 이렇게 시작하는 에세이 쓰기는 많은 이들에게 익숙한 것일 뿐만 아니라 실제로 좋은 방법이기도 하다. 작가가 가장 잘 아는 이야기를 쓸 때 글의 완성도를 높일 수 있을 뿐만 아니라 진정성을 담기도 좋기 때문이다. 그리고 자신의 내면을 담는다는 점에서 의미 있는 글이 나올 여지도 많다. '나의 이야기'가 갖고 있는 장점은 이뿐만이 아니다. 자신의 이야기이니만큼 소재를 찾기도 훨씬 수월하다. 책장에 꽂혀 있는 에세이집을 꺼내보자. 아마 대부분의 책이 작가 자신의 이야기를 다뤘을 것이다.

이처럼 작가들도 '나의 이야기'를 에세이의 주된 소재로 사용한다. 그리고 글을 쓰는 방법으로 '모르는 이야기가 아닌, 자신이 잘 아는 이야기'를 추천한다. 실제로 자신이 가장 잘 아는, 자신의 이야기를 쓸 때 수월하게 글이 나올 가능성이 높다. 자신이 잘 모르는 이야기를 폼을 잡고 쓰기보다 소박한 이야기를 진솔한 문장에 담은 에세이가 독자의 마음을 사로잡는 건 당연한 일이다. '나의 이야기'를 쓰는 것은 자연스러운 것이고 좋은 방법이기까지 하다. 그런데 여기에는 우리가 놓치기 쉬운 함정이 도사리고 있다. '자신의 이야기'를 쓰라는 조언은 작가 자신이 잘 아는 이야기를 쓸 때 글의 내용이 풍부해지고 진정성 있는 글이 된다는 뜻이지 자신이 경험한 이야기를 객관화하지 않고 무작정 쓰라는 것이 아니기 때문이다. 물론 '나의 이야기'를 아무렇게나 쓰고 싶은 사람은 없을 것이다. 그러나 글쓰기에 능숙하지 않은 사람들이 '나의 이야기'를 가지고 글을 썼을 때는 전혀 다른, 실패한 결과물이 나오는 경우가 많다. 가치를 갖기 힘든 자신의 이야기를 풀어놓는 것이 에세이를 쓸 때 가장 저지르기 쉬운 오류라는 점을 명심하자.

'나의 이야기'를 쓸 때 작가 자신의 감정에 지나치게 몰입하여 글 속의 감정을 통제하지 못하는 경우가 많다. 글쓰기 훈련이 제대로 되지 않은 사람은 자신의 이야기를 전개할 때 감정을 절제하지 못한다. '나의 이야기'가 좋은 에세이가 되려면 자신의 이야기를 전개할 때 적당한 거리에서 스스로를 객관적으로 바라볼 수 있어야 한다. 이것은 어느 정도 글쓰기 훈련이 되어야 가능하기 때문에 쉽지 않은데, 문제는 오랫동안 글을 써온 사람 중에도 이런 경우가 많다는 거다. 그럴듯한 문장으로 예쁘게만 꾸며 쓴 글이 언뜻 근사해 보이기도 하지만 객관화되지 못한 에세이는 실패한 글이다. 객관적 거리를 두지 못하고 감정에

부캐와 함께 에세이를

취해 쓴 글보다 거칠지만 객관화된 글이 훨씬 매력적이다.

'나의 이야기'는 작가 자신에게 무엇과 비할 수 없을 정도로 소중하고 가치 있는 것이겠지만 그건 혼자만의 착각임을 명심하자. 독자들이 작가의 애타는 사연과 감정에 선뜻 동의할 거라는 기대를 해서는 안 된다. 물론 독자들이 작가의 이야기를 읽고 안타깝거나 슬픈 이야기라고 생각할 수는 있다. 혹은 작가의 감정과 생각에 충분히 동의하며 이해할 수도 있다. 하지만 글 속 감정이나 내용을 이해해주는 것과 글이 주는 본연의 감각을 통해 미적 인식을 느끼는 것은 다르다. 앞에서도 이야기했지만 그것은 누군가의 사랑 이야기를 듣는 것과 같다. '나의 이야기'를 그런 흔한 사랑 이야기처럼 해서는 안 된다.

하지만 '나의 이야기'를 쓰는 것 자체가 문제 될 것은 없다고 앞에서 말하지 않았던가. 그렇다면 대체 무엇이 문제란 말인가? 당연히 '나의 이야기'를 쓰는 것은 문제 되지 않는다. 다만 자신에게 지나치게 몰입하는 것이 문제다. '나의 이야기'에 독자들이 관심을 보일 만한 지점이 없다면 실패는 예정된 것이다. 그렇다면 에세이에 적합한 '나의 이야기'란 과연 무엇일까? '나의 이야기'에 적합한 소재는 따로 존재하는 것일까? 안타깝지만 에세이에 적합한 '나의 이야기'가 따로 존재하지는 않는다. 같은 이야기라도 어떤 관점과 방식으로 풀어내느냐에 따라 독자의 반응은 극과 극이다.

우리가 흔하게 읽은 신변잡기 에세이가 재미없는 것은 바로 이런 이유 때문이다. 일상의 시시콜콜한 이야기를 적당한 감동과 예쁜 문장으로 담아낸 글은 언뜻 보기에 그럴듯하지만 상투적이고 진부한 에세이일 뿐이다. 물론 아무것도 아닌 일상을 맛깔스럽게 담아낸 글도 많다. 하지만 일상을 멋지게 담아낸 에세이와 상투적인 에세이 속 일상은 분명히 다르다. 그 차이를 알아야 좋은 에세이를 쓸 수 있다. 글쓰기에 충분한 훈련이 되어 있지 않으면 이런 차이를 아는 것은 쉽지 않다. 그럴 때에는 일단 자신이 직접 겪은 '나의 이야기' 대신 자신의 외부에 있는 사건이나 사물 등에 대해 써보자. 고집 부리지 말고 일단 한번 다른 걸 써보자. 우리가 흔히 쓰는 신변잡기로서의 '나의 이야기'를 어설프게 쓰면 대부분 실패한다는 점을 늘 마음에 새겨야 한다.

부캐와 함께 에세이를

독자들은 여러분의 일상이
궁금하지 않습니다

앞에서 말한 '나의 이야기'는 대부분 일상 속에 벌어지는 일들과 관련이 있다. 사람들이 '나의 이야기'를 쓴 에세이에 관심이 없는 것은 그것이 글이나 책으로 묶일 만큼 흥미롭지 않은 일상이기 때문이다. '나의 이야기'가 아니더라도 의미화되지 못한 일상은 글로 쓰거나 책으로 묶기에 좋지 않은 소재다. '나의 이야기'가 특히 그렇긴 하지만 '나의 이야기'가 아니더라도 무의미하고 무가치한 일상을 글로 쓰는 경우는 많다. 글쓰기에 서툰 사람들이 쓴 일상 에세이는 의미도 재미도 없는 경우가 대부분이다. 특히 자신의 일상에 도취된 채 쓴 글이 그런 오류에 빠질 가능성이 많다.

물론 오늘 입은 옷이 유난히 멋져 보인다거나 김밥집을 지나며 느끼는 허기 같은 사소한 소재도 얼마든지 글로 쓸 수 있다. 다만 이런 사소한 소재가 그야말로 사소함으로 끝나면 안 된다. 이것은 다른 사람의 일상을 글로 쓸 때도 마찬가지여서 초등학생들이 깔깔거리며 웃고 지니기는 이야기나, 버스 옆자리에 앉은 여자의 샤넬 백이 신상인지 아닌지 하는 이야기처럼 사소함에 머물면 안 된다. 단편적인 사실을 나열하는 것만으로는 절대로 좋은 글이 될 수 없다. 단편적인 사실만 열거하거나 나름의 가치를 갖지 못한 글은 독자들에게 울림을 줄 수 없을 뿐만 아니라 글이 가진 고유의 매력도 보여주지 못한다. 물론 무가치해 보이는 이야기일지라도 그것을 어떻게 다루느냐에 따라 얼마든지 좋은 글이 될 수도 있다. 그런데 문제는 아무것도 아닌 것 같은 일상을 매력적으로 다루는 게 쉽지 않다는 데 있다. 일상에서 글감을 찾는 경우가 많지만 그걸 능숙하게 다루는 건 어렵다.

그렇다면 일상을 글로 쓰지 말아야 하나? 일상을 글감으로 다룰 때 실패할 가능성이 많다는 이야기를 들었을 때 '그렇다면 대체 무엇을 쓰라는 것인가?'라는 의문이 들 것이다. 일상을 다루지 않는다면 쓸 이야기가 너무 제한적일 거라는 생각이 머리에서 떠나질 않는다. 맞는 말이다. 우리가 쓰는 글의 대

부캐와 함께 에세이를

부분은 일상을 다루고 있다. 그런데 그것을 대체적으로 무가치하고 무의미하게 다룬다는 데 문제가 있다. 일상도 좋은 소재가 될 수 있다. 앞에서 언급한, 옆집 아저씨와 아줌마가 된장찌개를 먹었는지 냉면을 먹었는지처럼 궁금하지 않은 이야기도 나름의 가치와 의미만 부여하면 좋은 글이 될 수 있다. 문제는 그것이 쉽지 않다는 점이다.

우리가 쓰는 대부분의 글이 실패하는 건 글솜씨가 부족하기보다 다루고 있는 소재를 의미화하지 못하기 때문이다. 반대로 지나치게 의미를 강조하여 개화기 소설 같은 교훈을 드러내거나 상투적이고 감상적인 감정으로 뒤범벅이 된 글을 쓰기 때문이기도 하다. 일상도 마찬가지다. 일상이라는 소재가 문제가 아니라 그것을 다루는 방법이 문제다. 일상에 지나친 의미를 부여하여 꼰대 같은 글을 쓰거나, 반대로 무의미하고 무가치한 내용을 열거하거나, 누구나 생각하고 느낄 수 있을 정도의 수준 낮은 감상을 드러낼 때 문제가 발생한다는 점을 잊지 말자. 독자들은 이런 일상에 관심을 갖지 않는다.

제발 인생을 낭비하지 말고 열심히 살자는 식의 일상을 이야기하지 말자. 특히 감동을 주려는 강박으로 가득한 글도 쓰지 말도록 하자. 폐지 줍는 노인을 통해 삶의 쓸쓸함을 말한다거나 저무는 저녁 하늘을 보며 인생무상을 이야기하는 건 정말 최악이다. 이런 일상은 독자들의 관심도 반응도 불러일으킬 수 없다. 그런데 문제는 상당수의 에세이가 이와 같은 범주의 글쓰기를 벗어나지 못한다는 데 있다. 결국 일상이 문제가 아님에도 불구하고 대부분의 글이 이렇게 일상을 다룸으로써 일상 자체가 문제인 것처럼 느껴지는 것이다. 이런 시도를 하는 순간 에세이는 망하는 길로 접어들게 된다. 목에 힘을 주지 않으면서 나름의 의미를 갖도록 할 때 일상은 비로소 글의 소재가 될 수 있다.

이를테면 아무런 사건도 변화도 없이 시골살이를 하고 있는 20대 청년의 이야기라면 어떨까? 매일매일 골목을 산책하는 사람의 이야기나 평범한 직장인이 직접 쓰고 그린 그림일기는 어떨까? 아무것도 아닌 이야기지만 이런 이야기에는 독자들의 마음에 파동을 일으킬 만한 요소들이 무척 많다. 아무것도 아닌 일상인 듯 보이지만 오히려 많은 것을 담고 있다. 이런 에세이와 좋지 않은 에세이의 차이가 대체 무엇인지 헷갈릴 수도 있을 것이다. 아무리 생각해봐도 내가 쓴 에세이가 더 근사한 것 같으니 도무지 이해되지 않을지도 모른다.

부캐와 함께 에세이를

그렇다면 간단히 생각해보자. 일단 자신이 쓴 일상 에세이가 문학적인 폼을 잡고 있는지 생각해보길 바란다. '찬란한 햇살' 따위의 아름다운 문장을 쓰려고 하지는 않는지 생각해보고 손발이 오그라드는 감상적 인식을 문학적인 것으로 착각하고 있는지 살펴보길 바란다. 우리는 일상의 감동을 곧바로 에세이의 감동으로 착각한다. 하지만 생활 속에 느끼는 감동이 곧바로 에세이의 감동이 되지는 않는다. 글의 감동은 아무리 사소해 보이는 일상 이야기일지라도 철저하게 글이라는 구조 위에 구축된 것이다. 친구를 만나 수다를 떨거나 말로 전달하는 감동이나 감정과 다르다.

이 글의 제목 그대로 독자들은 글을 쓴 여러분의 일상이 궁금하지 않다. 다른 사람의 일상은 '나'와 상관없는 일일 뿐이다. 일상을 엿보고 싶은 경우는 그것에서 무언가 특별한 감흥을 느끼거나 호기심이 생겼을 때이다. 일상을 다룬 글 역시 마찬가지다. 아무렇게나 풀어놓은 일상은 글감으로 가치가 없다는 점을 잊지 말아야 한다. 그렇다고 특별한 소재에 집착하거나 교훈적인 내용을 담아야 한다는 것은 아니다. 의미화된 일상일 때글감으로 가치가 있다는 말이다. 다만 연예인이나 운동선수와 같은 셀럽들의 경우는 조금 다르다. 셀럽들은 그 자체로 공적 특성을 갖기 때문에 이런 사람들이 쓰는 이야기는 아무 의미 없어 보이는 사소한 것도 독자의 호응을 이끌어낸다. 조금 과장해서 말하자면 셀럽의 글은 코를 후빈 이야기여도 독자들이 관심을 갖는다. 독자들이 관심을 갖는다는 이유만으로 좋은 글이 될 수는 없겠지만 나름의 가치를 갖는 것만은 분명하다. 그 이유는 셀럽들의 일상은 그 자체로 공적 담화의 특징을 내포하고 있기 때문이다. 셀럽들의 별것 아닌 사소한 이야기에 독자들이 반응하는 것은 그런 이유 때문이다. 김영하 작가의 싸이월드 미니홈피 글이 그대로 책이 될 수 있는 것은 그의 글이 좋은 이유도 있지만 그가 공적 특성을 갖는 사람이기 때문이다.

부캐와 함께 에세이를

자서전이라니
세상에!

우리는 자서전이 얼마나 별로인 글쓰기인지 이미 알고 있다. 자서전에 등장하는 역경과 좌절, 도전과 성취가 너무 진부하다는 것 역시 잘 알고 있다. 그리고 자서전이 '나의 이야기'를 가지고 쓴 에세이 중에서도 제일 재미없는 축에 속한다는 것에도 동의한다. 그런데 왜 자서전 쓰기에 도전하는 사람은 끝도 없이 나타나는 걸까? 글쓰기에 별다른 관심을 두지 않았던 사람들이 갑자기 자서전 쓰기에 도전하는 걸 보면 이상한 마음이 든다. 그렇다고 자서전 쓰기가 특별한 문제를 지닌 글쓰기는 아니다. 오히려 자신을 돌아보며 지난 삶을 되짚어보는 일은 아름답고 훌륭하기까지 하다. 하지만 대부분의 자서전은 별다른 흥미도 재미도 의미도 느끼기 힘들다. 그런데도 나이를 먹으면 먹을수록 자서전을 쓰고 싶은 욕망이 커지는 경우가 많다. 살아온 삶에 대한 회한과 추억이 쌓이면 쌓일수록 자서전 쓰기는 인생을 정리하는, 절실한 의식이 되기에 이른다.

자서전 쓰기가 재미없는 의외의 이유는 과시욕 때문이다. 자신의 역경과 좌절을 전시하고 그것을 극복해낸 자랑스러운 과거를 과시하고 자랑하고 싶은 마음이 자서전을 재미없게 만든다. 자서전이라는 말이 주는 완고하고 경직되고 근엄한 느낌과 비슷한 느낌이다. 그런 점에서 선거에 앞서 내는 정치인들의 자서전만큼 재미없는 책도 드물다.

물론 자서전을 쓴 사람의 삶이 보잘것없거나 배울 점이 없다는 이야기가 아니다. 그들 이야기의 상당수에는 남다른 고난극복 의지가 있고 드라마틱한 삶의 여정도 있다. 그런데 그것들이 대부분 상투적인 패턴을 가지고 있기에 그동안 수없이 들어온 이야기의 하나로 여겨지는 것이다. 때문에 어디선가 본 듯한 진부함이 자꾸 머리를 맴돈다. 그들의 삶에 있는 드라마가 머리로는 이해되지만 단지 그뿐이다. 우리의 마음을 움직이는 경우도 드물다. 심지어 가르치려는 태도로 교훈을 주려고 한다. 말이 좋아 교훈이지 자기애가 과도하게 발현되며 나타나는 훈수처럼 들리는 경우가 많다. 물론 독자들도 글쓴이가 지나온 삶의 힘겨

움과 성취를 이해하지만 그것과 별개로 한 권의 책을 구입하여 읽을 만한 가치가 있다고 느끼는지는 의문이다.

그 이유는 뻔한 구조가 지닌 상투성 탓도 있고, 고생스러 웠던 과거를 관조하듯 바라보는 태도의 전형성 때문이기도 하다. 이런 상투성과 전형성이 감지되는 글은 읽고 싶은 생각이 들지 않는 법이다. 역경과 실패를 딛고 일어선, 진부한 공식이 지배하는 이야기는 관제 방송의 다큐멘터리를 보는 것만 같다. 물론 그런 전기문이 쓸모없다는 건 아니다. 분명 전기문 속 주인공의 삶은 대단하고 본받을 만한 점도 많다. 하지만 거기까지다. 그 이야기에 무수히 많은 드라마가 있긴 하지만 책으로 출간될 정도로 독자의 마음을 끄는 드라마는 없는 탓이다. 사실 이런 이야기는 사적인 자리에서 듣기도 부담스럽다. 다른 사람의 사랑 이야기를 듣는 것처럼 지루하고 따분할 따름이다.

그리고 자서전이 작가 이외의 사람에게 큰 의미를 갖지 못하는 이유는 또 있다. 대부분의 자서전이 사적인 글쓰기에 머물기에 호소력을 갖기 힘들다는 것이다. 작가의 사연은 독자에게 그저 '다른 사람의 조금 특별한 경험'으로 다가올 뿐이다. 역경과 극복이라는 상투적인 구조가 사적인 것으로만 다가올 때 그것은 개인의 경험에 머물게 된다. 에세이를 비롯한 창조적 글쓰기는 사적 담화를 기반으로 하지만 공적 담화로서 기능해야 한다. 개인적인 차원의 넋두리에 머물지 말고 독자들의 공감과 동의를 이끌어내야 한다. 사서진을 냈을 때 독자들이 공감할 수 있는 지점이 있는지 늘 고민해야 한다.

다만 공적인 인물이 자서전을 썼을 때는 다를 수 있다. 셀럽의 일상 이야기처럼 말이다. 유명인이 썼다고 해서 무조건 좋은 글이 될 수는 없지만 그렇지 않은 사람이 썼을 때와 다른 장점이 있기는 하다. 유명인이 쓴 자서전은 사소한 이야기라도 독자들의 관심을 끌어내기 수월하다는 것이 바로 그것이다. 유명인의 사적 담화는 독자들과 공감대를 형성하기 때문에 그 자체로 공적 담화의 특성을 갖는다. 이를테면 옆집 사는 사람이 여행 가서 아침에 조깅을 한 이야기는 사적인 이야기에 머물기 때문에 다른 사람의 공감을 이끌어내기 힘들지만 손흥민 선수의 경우라면 다르다. 많은 사람들이 손흥민 선수의 달리기에 공감하며 관심을 기울일 것이다. 그 이유는 손흥민의 이야기는 지극히 사적인 것일지라도 이미 공적 담화의 영역이기 때문이다. 손흥민은 이미 그 자체로 하나의 글감이자 뉴스다.

부캐와 함께 에세이를

하지만 유명인이 쓴 자서전 역시 언제나 의미를 갖는 건 아니다. 특히 유명세에만 기대어 쓴 글은 한계가 있기 마련이다. 연예인이든 정치인이든 운동선수든 자신의 성공을 앞세운 자서전을 유행처럼 쓸 필요가 있을까 싶다. 그들의 성공과 노력은 존중받아 마땅하지만 그것이 전부인 이야기라면 굳이 책이라는 형식을 내세울 필요가 있을까 싶다. 물론 개인적으로 삶을 정리하고 싶은 분이라면 책을 내는 것 자체가 의미 있는 일이기에 괜찮다고 생각한다. 그리고 자신의 경력이나 사업을 위해 대외적으로 꼭 필요한 경우도 어느 정도 이해할 수 있다. 하지만 대부분의 경우는 말리고 싶은 마음이다. 더구나 대필 작가까지 동원하여 출판하는 자서전은 정말 별로다. 자서전을 출간할 돈을 의미 있게 쓰는 방법은 정말 많다. 어려운 이웃을 도와도 좋고 그냥 자신을 위해 세계여행을 떠나도 좋다. 그것도 아니라면 가족이나 친구들에게 맛있는 밥이라도 사주는 것이 훨씬 유익하다.

그렇다면 평범한 이웃이 쓰는 자서전은 매력이나 쓸모가 전혀 없는 글일까? 당연히 그렇지 않다. 오히려 상투적인 삶의 역경과 성취를 다룬 자서전보다 평범한 사람들의 작고 사소한 이야기가 더 큰 감동을 주는 경우도 많다. 흔히 '생애사 쓰기'라는 이름으로 불리는 글쓰기의 방식인데 자신의 지나온 삶을 다룬다는 점에서 자서전과 같다. 하지만 자서전이 대체적으로 사건 중심으로 이루어진 선이 굵은 이야기라면 '생애사 쓰기'는 소박한 삶을 바탕으로 하는 경우가 많다. 시장 상인들의 지난한 삶의 이야기를 묶기도 하고, 시골 할머니들의 평범한 삶을 보여주기도 한다. 어떻게 보면 특별할 것 없어 보이는 이야기지만 감동의 측면도 그렇고 독자들의 공감도 그렇고 '생애사 쓰기'가 훨씬 큰 울림과 감동을 준다. '생애사 쓰기'의 이야기들은 진정성 있는 이야기이기에 언뜻 평범해 보이지만 실제로는 특별하다. 상투적인 자서전의 사건보다 작은 이야기를 다루고 있기 때문에 훨씬 생생하다.

'생애사 쓰기'라고 하여 살아온 삶의 모든 여정을 순서대로 다 쓸 필요도 없다. 삶의 짧은 기간에 집중하여 써도 되고, 삶의 여정이 아니라 특별한 소재에 집중하여 써도 된다. 자신에게 영향을 미친 사람들을 중심으로 본인의 생애를 되짚어볼 수도 있고 그동안 사용했던 물건을 중심으로 내 삶을 반추할 수도 있다. 크고 그럴듯한 이야기를 쓰려는 강박만 없으면 된다. 거창하게 자신의 삶을 이야기하는 자서전보다 시골 할머니가 시장에 나가 채소를 파는 이야기나 한글을 배우는 이야기가 더욱 강렬하게 우리의 마음에 파동을 만들기 마련이다. 자서전을 쓰려거

부캐와 함께 에세이를

든 판에 박힌 고통과 극복을 큰 덩어리로 이야기하기보다 평범하고 작은 이야기를 하도록 하자. 기업인의 삶을 다룬 다큐멘터리도 감동적일 수 있지만 〈인간극장〉이나 〈다큐멘터리 3일〉과 같은, 우리 이웃의 평범한 이야기가 더 마음을 따뜻하게 한다. 그런 점에서 근사해 보이는 자서전보다 소박한 삶의 이야기가 가치 있는 책으로 다가온다. 작은 것이 아름다운 법이다.

에세이는 모두
논픽션일까요?

'에세이'만큼 널리 알려진 문학 용어가 있을까 싶다. 에세이를 정의한 문장은 어린 시절에 달달 외웠던 구구단처럼 입에서 술술 나온다. 문학의 대표 장르로 흔히 이야기하는 시나 소설도 이렇게까지 하지 않았는데 이상하게 에세이는 늘 정의부터 외운다. "일정한 형식에 따르지 않고 자유롭게 쓴 글"이라거나 "자연이나 인생의 느낌이나 체험을 형식에 구애받지 않고 쓴 글" 같은 것 말이다. 에세이의 정의가 특별한 것도 아닌데 그랬다. 오히려 에세이에 대한 정의는 시나 소설에 비해 너무 뻔한 말이기까지 한데 말이다. 에세이 수업은 정의로 시작해서 정의로 끝난 것 같은 느낌마저 든다. 국어 시간에 귀가 닳도록 들었던 탓에 에세이에 대한 정의는 묻기가 무섭게 바로 튀어나온다.

부캐와 함께 에세이를

에세이에 대한 정의를 말할 때 빠지지 않는 것 중 하나는 "작가가 직접 경험하거나 생각한 것을 쓰는 '비허구적' 장르"로 논픽션이라는 것이다. 문학비평사전에도 에세이에 대한 정의 가운데 하나로 '비허구적' 특성을 언급하고 있다. 상황이 이렇다 보니 에세이는 언제나 진짜 있었던 일만 써야 될 것 같은 생각이 든다. 실제로 대부분의 에세이가 실제로 있었던 일을 소재로 삼는다. 내가 그동안 읽은 에세이 역시 거의 모두가 사실을 다룬 것이었다. 작가들 역시 진짜 있었던 일이 아니면 쓰지 않는다. 그런데 에세이에 진짜 있었던 사실만 써야 할까? 소설처럼 허구의 이야기를 꾸며 쓰면 안 되는 걸까?

물론 논픽션이 에세이의 주된 특징인 건 맞다. 그리고 논픽션일 때 우리가 흔히 생각하는 에세이의 형식과 글의 매력이 나타나기도 한다. 하지만 꼭 그럴 필요가 있을까? 에세이의 정의에 나와 있는 것처럼 에세이는 일정한 형식에 따르지 않는 글이니까 말이다. 자유롭게 쓴 글이라는 정의에도 불구하고 우리는 그동안 논픽션이라는 범주를 벗어나는 에세이를 생각하지 못한 경우가 대부분이었다. 에세이가 논픽션이어야만 한다는 것은 그동안 굳이 생각해볼 필요도 없는, 지극히 당연한 '사실'이었으니까 말이다. 그러나 드물기는 해도 '허구'의 이야기를 다루는 에세이가 존재한다. 그리고 힘을 발휘하지는 못했지만 오래전부터 에세이의 허구성에 대한 논의도 있었다.

허구성을 내세운 픽션 에세이라는 장르가 있다. 가상의 화자를 내세우지만 소설과는 다르다. 픽션 에세이는 일반적인 에세이의 특징을 그대로 가지고 있지만 가상의 화자를 내세운 이야기라는 점이 다르다. 다만 픽션 에세이를 쓸 때 그것이 허구의 이야기임을 독자가 눈치채도록 해야 한다. 에세이의 특성상 작가와 화자를 동일시하는 경우가 많은데 이 부분에서 심각하다면 심각할 수 있는 문제가 생길 가능성이 있기 때문이다. 작가가 독자를 기만하고 있다는 생각이 들게 하면 안 된다. 허구라는 것을 독자가 눈치채지 못한다면 거짓으로 전락하기 때문이다.

시는 압축된 언어와 리듬이라는 형식을 차용한 장르이고 소설은 등장인물과 사건을 서사로 표현한 장르이다. 희곡이나 시나리오 역시 서사를 대사와 지문이라는 형식을 통해 나타낸다. 그렇다면 픽션 에세이의 형식적 특성은 무엇일까? 사실 픽션 에세이의 중요한 특징이라고 흔히 말하는 허구성은 형식적 특성이라기보다는 형식이 담고 있는 내용적 특성이다. 따라서

부캐와 함께 에세이를

허구성을 픽션 에세이의 형식이라고 단언하는 것이 전적으로 옳은 것은 아니다. 에세이는 산문이라는 점에서 시와 다르고 서사를 플롯으로 구조화하지 않았다는 점에서 소설이나 동화, 희곡, 시나리오와 다르다. 픽션 에세이를 쓴다는 것을 소설 같은 에세이를 쓰는 것으로 오해하면 안 된다. 그냥 우리가 흔히 알고 있는 허구라는 점을 제외하고 일반 에세이의 형식을 따르면 된다.

픽션 에세이는 다양한 화자를 통해 다채로운 이야기를 할 수 있다는 점에서 외연을 넓힐 수 있다. 다양한 화자를 내세울 수 있기 때문에 여러 가지 관점으로 세상을 바라보는 것이 가능하다. 작가 자신의 목소리만으로 진짜 있었던 일만 가지고 썼을 때와 달리 다양한 시도를 할 수 있다. 이를테면 남성 작가의 목소리로 표현하기 힘든 이야기를 여성 화자를 앞세워 효과적으로 전달할 수도 있고, 젊은 작가가 노년의 관점으로 세상을 파악하는 것도 가능하다. 가공의 화자를 내세울 수 있다는 것은 에세이에 픽션을 담을 수 있다는 것을 의미한다. 당연히 소재를 자유롭게 선택하여 다룰 수 있다.

여기에 더하여 픽션 에세이를 통해 효과적인 글쓰기 연습을 할 수도 있다. 픽션 에세이를 통해 가공의 화자를 내세운다는 것은 작가 자신과 화자가 일치하지 않는다는 것을 의미한다. 글을 쓰는 것은 작가지만 화자가 전혀 다른 인물로 설정되었기 때문이다. 글을 이끄는 화자가 작가와 분리된다는 것은 글을 객관적으로 바라보고 인식한다는 것을 의미한다. 아무래도 작가 자신이 화자와 일치하는 경우보다 작가의 감정을 절제하기 쉽다. 작가 스스로 감정에 취하여 자기 자신의 이야기를 하게 되면 주관적 감정으로 범벅이 된 글을 쓰기 쉽다. 글은 작가의 감정을 적절히 드러내야 하지만 그것이 과할 때 문제가 발생하는 법이다. 글이 감정의 과잉 상태에 빠질 때 실패는 필연적일 수밖에 없다. 글을 쓸 때 꼭 필요한 것이 바로 감정의 절제이다. 하지만 스스로 과잉 상태의 감정을 파악하고 고치는 것은 쉽지 않다. 이때 화자와 작가를 분리하여 글을 쓰게 되면 글감을 객관적인 시선으로 바라볼 수 있기 때문에 글 속 감정을 제어하기 쉬워진다.

하지만 허구를 내세운 에세이라고 해서 그것이 삶의 진실을 이야기하지 않는다거나 진정성이 없다고 오해해서는 안 된다. 소설이 허구의 이야기를 통해 삶의 진실과 진정성을 느낄 수 있도록 하는 것처럼 픽션 에세이도 마찬가지다. 가상의 이야

부캐와 함께 에세이를

기를 쓴 에세이라고 할지라도 삶에 대한 진정성은 얼마든지 있을 수 있다. 그뿐만 아니라 삶이 갖는 진짜 의미를 말할 수도 있다. 픽션 에세이는 거짓말이 아니라 허구를 통해 말하는 진실이라는 점을 이해해야 한다. 에세이의 정의에서 벗어난, 규격화되지 않은 글쓰기의 매혹을 자신의 것으로 만드는 것은 흥미진진한 일이다. 픽션 에세이는 우리가 가보지 못한 새로움과 감각을 통해 글쓰기의 낯선 영토에 들어설 수 있게 한다. 픽션 에세이라는 허구는 새로운 방식의 글쓰기와 감각이라는 점에서, 삶의 진실에 다가서게 하는 또 다른 방식의 발상이라는 점에서 의미 있는 거짓말이다.

2

좋은 문장과 나만의 에세이 쓰기

멋진 글을
쓰고 싶다면 묘사

묘사가, 좋은 문장을 만드는 방법이라는 것은 이미 많은 사람들이 알고 있다. 하지만 묘사를 능숙하게 사용하는 사람은 많지 않다. 대부분의 사람들이 묘사의 중요성을 알고 있지만 실제로 글을 쓸 때는 장면이나 생각, 느낌 등을 설명하는 데 그치는 경우가 많다. 묘사는 이미지를 드러내는 글쓰기 방법이다. 하지만 이미지를 보여준다고 모두 묘사가 되는 것은 아니다. 묘사에 실패하는 가장 큰 이유는 장면이나 상황 등을 설명하는 방식으로 쓰기 때문인데, 이 경우 전체적인 인상이나 모습에 대한 단순하고 단편적인 정보를 설명하여 전달하는 심각한 문제가 발생한다. 묘사는 이미지를 아주 구체적으로 보여주는 감각적인 방식이어야 한다.

그런데 '길에 아름다운 꽃이 피었다' 같은 설명을 묘사로 오해하는 경우가 많다. 이때 '길'은 구체적인 이미지를 보여주지 못한다. 그냥 '길'이라는 장소를 설명할 뿐이다. 아름다운 꽃이 핀 장면 역시 '아름다운 꽃'이 핀 정보만 전달할 뿐이다. 여기에 이미지는 없다. 그런데도 우리는 이런 표현을 묘사라고 생각하는 경우가 많다. 여기에서 아름답다는 것은 어떤 대상의 상태일 뿐이다. 이때 아름다움이 묘사가 되기 위해서는 아름답다고 직접 말하는 방식이어서는 안 된다. 색깔은 어떠했는지, 어떤 모양이었는지, 그리고 꽃이 어떻게 흔들리고 있는지 등의 구체적 이미지를 보여주어야 한다.

에세이는 작가의 생각이나 감상, 느낌 등을 직접 말하는 경우가 많기 때문에 진술이 나타나는 경우가 많다. 하지만 진술과 함께 묘사를 사용했을 때 훨씬 감각적인 글이 된다. 특히 여행 에세이나 음식 에세이처럼 시각적, 감각적 요소가 중요한 에세이는 묘사의 힘이 필수적이다. 물론 다른 종류의 글에서도 묘사가 중요한 것은 당연하다. 많은 사람들이 묘사가 글쓰기의 기본이라고 하는 것은 괜히 하는 말이 아니다. 묘사를 모르고 글을 쓴다고 할 수 없다. 특히 에세이의 경우는 더 그렇다. 그런데 묘사는 과연 무엇이고 어떻게 써야 하는 것일까? 특히 우리가 묘사라고 생각하는 문장의 대부분이 설명이다. 하지만 묘사와 설명의 차이를 구분하는 것은 정말 어렵다.

지금부터 바람 부는 어느 해변을 떠올려보고 그 장면을 글로 써보도록 하자. 특별할 것 없는 장면인 만큼 어려울 것도 없어 보인다.

① 해변의 나무가 바람에 나부낀다.
② 콧등을 간질이는 바람이 해변의 푸른 나뭇잎을 간질이며 불어온다.

그런데 ②번 문장은 물론이고 심지어 ①번 문장처럼 쓰는 경우도 많지 않다. 애초에 묘사든 설명이든 이미지를 가져와 글을 쓰려는 생각을 하는 사람이 많지 않다. 하지만 ①번 문장은 설명이고 ②번 문장은 상투적 묘사이다. 따라서 ①번과 ②번 모두 좋지 않은 표현이다.

설명과 묘사의 차이는 글을 오랫동안 써온 사람들, 심지어 작가들조차 헷갈리는 부분이다. 앞에서 말한 것처럼 설명은 정보 전달이라는 특징을 갖는다. 하지만 설명이 묘사와 비슷하게 나타나는 경우가 많기 때문에 정보 전달인지 묘사인지 분간하기 어려운 경우가 많다. 때로는 똑같은 문장임에도 어떤 경우는 좋은 묘사로 읽히기도 하고 어떤 경우는 설명으로 분류되기도 한다. 묘사를 정확히 알고 표현하기 어려운 이유다. 이런 경우는 대부분 다른 문장과의 어울림이 어떤 관계냐에 따라 나뉜다. 정보 전달로 이루어진 문장으로 이어질 때는 설명으로 읽히는 문장이더라도, 그것이 묘사와 결합할 때는 감각적인 묘사가 되는 경우도 많다.

묘사를 알고 쓰는 글과 그렇지 않은 글은 애초에 비교가 되지 않는다. 그런데 문제는 대부분의 사람들이 묘사가 무엇인지 모른다는 거다. 설마 그럴 리 있겠냐며 믿지 못하는 사람들이 많겠지만 사실이 그렇다. 물론 묘사가 이미지를 보여주듯 쓰는 글쓰기라는 건 누구나 안다. 그런데 문제는 대부분의 사람이 묘사라고 생각하는 글쓰기가 묘사가 아닌 경우가 많다는 거다. 더구나 무조건 예쁘게 꾸며 쓰기만 하면 멋진 묘사가 되는 줄 알기도 한다. 문제는 이것뿐만이 아니다. 더 큰 문제는 묘사를 할 생각은 아예 하지 않고 주제를 직접 말하며 훈계하듯 글을 쓰는 경우다.

묘사와 설명의 또 다른 차이는 개괄적이냐 구체적이냐이다. 설명은 묘사를 할 때보다 훨씬 큰 덩어리로 다가오며 모호함으로 전락한다. 실제 대상을 표현할 때도 그렇고 감정과 같은 무형의 대상을 드리낼 때도 그렇다. 당연히 구체적인 문장이 훨씬 좋은 표현이다.

①-1 한 사람이 복도를 걷고 있다.
①-2 한 사람이 마룻바닥으로 이어진 캄캄한 복도를 걷고 있다.
②-1 아들은 아버지를 사랑한다.
②-2 아들은 죽음을 앞둔 아버지의 손을 가만히 쥐었다.

①-1은 행위가 일어나는 장면 정보를 설명하고 있다. 이때 '복도를 걷는다'는 행위는 구체적이기보다 개괄적이다. 이것은 '복도'를 '걷는다'는 상태에 대한 정보다. 이에 반해 ①-2는 마치 사진을 보는 것처럼 이미지가 감각적이고 구체적으로 다가온다. 이 문장은 '복도를 걷는다'는 행위에 캄캄한 마룻바닥이라는 구체적 장면을 덧씌움으로써 장면에 생명력을 더한다.

②-1은 아들이 아버지를 사랑한다는 정보를 전달한다. 그

뿐만 아니라 이 문장은 아들의 감정을 사랑이라는 포괄적인 단어로 불분명하게 설명하고 있다. 묘사는 겉으로 드러난 이미지를 구체적으로 표현하는 것이다. 하지만 사랑은 묘사의 성격을 갖지 못할 뿐만 아니라 모호하다. 사랑은 관념적 감정이기 때문에 묘사의 문장이 되지 못한다. 또한 '사랑'은 일종의 결과이다. 구체적인 장면을 통해 사랑을 숨겨서 표현해야 하는데 이 문장은 관념을 직설적으로 드러냈다. 반면 ②-2는 구체적인 장면인 묘사 안에 사랑을 감춰 표현했다. 이 문장에 사랑이라는 감정이 직접 드러나지는 않았지만 이런 문장이야말로 사람들의 마음을 사로잡는다. 물론 때로 '사랑'이라는 단어를 직접 써야 하는 경우도 있다. 하지만 묘사를 알고, 묘사의 가운데 '사랑'을 쓰는 것과 관념적이기만 한 글은 다르다.

설명은 개괄적이고 피상적이다. 개괄적인 문장은 구체화되지 못한 큰 덩어리를 표현하기 때문에 불분명하다. ①-1이나 ②-1처럼 읽는 이들에게 감정의 파동을 전달하지 못한다. ①-1과 ②-1이 이해가 안 되는 문장은 아니지만 의미만 전달한다고 좋은 글이 되는 것은 아니다. 설명과 묘사의 차이점을 알고 글로 그림을 그릴 줄 안다면 매력적인 묘사를 할 수 있다. 묘사를 하고 싶다면 끊임없이 질문하고 주변을 살펴야 한다. 그냥 '문이

열린다'고 쓸 것이 아니라 그 문이 철문인지 유리문인지 자세하게 관찰한 뒤에 써야 한다. 그리고 열린 문 너머에 버스가 지나가는지, 바람이 부는지 주변을 살펴야 한다. 표현하고자 하는 대상만 바라보지 말고 그것을 둘러싼 것들을 함께 묘사할 때 훨씬 구체적이고 생동감 넘치는 글이 된다. 글을 쓰는 사람이 바라보는 자라는 말이 괜히 나온 것이 아님을 알고 실천해야 한다.

좋은 문장과 나만의 에세이 쓰기

진술, 교훈을
직접 말하지 말아요

무엇인가를 가르치려는 태도를 가지고 있는 사람들이 있다. 글을 쓸 때도 마찬가지여서 그럴듯한 교훈을 줘야 한다는 강박에 시달리는 이들이 많다. 이런 태도는 글이 독자들에게 정보든 교훈이든 무엇인가를 전달해야 한다는 믿음이 깔려서인데, 꼰대 같은 생각일 뿐만 아니라 재미도 없다. 독자가 작가에게 원하는 것은 '가르침'이 아니다. 하지만 멀쩡한 사람들도 글을 쓸 때 갑자기 근엄한 태도로 무언가를 가르치려는 경우가 많다. 우리는 그동안 글을 공부, 선생, 가르침 등과 연계된 것이라는 강박에 빠져 바라보는 일이 많았던 듯싶다. 뭔가 가르침을 주거나 교훈을 얻는 것이 글이라고 생각했다. 물론 이런 생각이 전적으로 틀렸다고 볼 수는 없을 것이다.

그러나 하나마나 한 교훈과 가르침은 '밥을 많이 먹으면 배가 부르다'는 말처럼 너무 뻔하다. 이광수의 소설 『무정』에는 수재민들을 돕자는 주인공들의 대화가 나온다. 그런데 작가가 직접 가르치는 듯한 그들의 대화는 지금의 시선으로 볼 때 유치하기 짝이 없다. 『무정』의 주인공 중 한 사람인 형식은 "옳습니다. 교육으로, 실행으로 저들을 가르쳐야지요, 인도해야지요! 그러나 그것은 누가 하나요?"라고 하거나, "옳습니다. 우리가 해야지요! 우리가 공부하러 가는 뜻이 여기 있습니다. 우리가 지금 차를 타고 가는 돈이며 가서 공부할 학비를 누가 주나요? 조선이 주는 것입니다. 왜? 가서 힘을 얻어 오라고, 지식을 얻어 오라고, 문명을 얻어 오라고…… 그리해서 새로운 문명 위에 튼튼한 생활의 기초를 세워달라고…… 이러한 뜻이 아닙니까?"라고 말한다.

『무정』이야 근대 초기 작품이니까 그럴 수 있지만 이런 식의 교훈과 가르침을 지금 글쓰기에 쓰면 곤란하다. 에세이에 아직도 이렇게 쓰는 경우를 종종 본다. 그런데 더 큰 문제는 이런 식의 직설적인 표현을 진술로 착각하는 경우가 많다는 거다. 물론 교훈이나 가르침을 직접 이야기하는 것 자체가 나쁜 것은 아니다. 때로는 교훈과 가르침을 직접 말해야 할 때가 있다. 그리

좋은 문장과 나만의 에세이 쓰기

고 이것도 진술의 일부가 맞다. 하지만 이런 표현만을 진술의 전부로 착각하여 에세이 쓰기의 중심으로 삼으면 안 된다. 자신의 사유를 드러내는 것과 상투적인 주장이나 교훈, 깨달음을 말하는 것은 다르다. 결국 진술에도 상투성이 문제인 것이다. 뻔한 묘사가 곤란한 것처럼 진술 역시 마찬가지라는 점을 잊으면 안 된다.

그리고 진술을 사용할 때 에세이의 진술과 시, 소설의 진술을 구분할 줄 알아야 한다. 에세이의 진술은 시나 소설에서 다루는 것과 차이가 있다. 시나 소설처럼 문학적 수사가 강하게 작동하는 장르에서 진술은 상징을 드러내며 나타난다. 그러니까 문학적 수사로서 진술은 직설적인 표현이라기보다 우회적이고 간접적인 표현이다. 이를테면 시나 소설 속 화자가 "배가 고프다"라고 말하는 진술은 작품 속 등장인물이 배가 고픈 상황을 통해 '결핍, 공허, 상실' 등을 돌려서 말하는 것이다. 그러니까 문장으로 표현한 "배가 고프다"의 경우에 표면적으로는 '허기'를 의미하지만 그것이 숨기고 있는 의미가 다르다는 것이다. 시와 소설 속 진술이 이중적 태도를 보이는 것은 이러한 장르의 글쓰기가 작가의 의도나 작품의 주제를 직접 말하지 않고 전혀 다른 내용을 통해 우회적으로 보여주기 때문이다. 하지만 에세이의 진술은 문학적 상징어의 특성도 있지만 일상어의 전달 방식을 따르는 경우도 많다. 에세이는 '결핍, 공허, 상실' 등을 직접 이야기한다. 일상어의 작동 원리가 적용되기 때문이다. 물론 에세이 역시 우회적인 표현을 사용하기는 하지만 작가의 생각이나 감정, 의견 등을 감추지 않고 직접 말한다. 에세이에 비해 시나 소설의 의미를 파악하는 것이 어렵게 느껴지는 것은 이런 이유 때문이다. 반면 에세이는 문학적인 특성에도 불구하고 상대적으로 어렵지 않게 느껴진다.

김소월 시인이 「진달래꽃」이라는 시에서 "나 보기가 역겨워 가실 때에는"이라고 말하는 건 진짜 역겨워서 '나'를 떠난다는 이야기가 아니다. 이게 바로 시와 소설이 가지고 있는 상징으로서의 문장이다. 김소월 시의 이 구절은 역겨워서 떠나는 사람에 대한 이야기가 아니라 사랑하는 이가 떠나지 않았음을 문학적 수사로 돌려 말한 것이다. 하지만 에세이에 이런 문장이 나오면 '나'를 역겨워하며 떠나는 사람에 대한 당부의 말이 된다. 에세이도 글 속에 주제를 숨기는 경우가 있지만 겉으로 표현된 문장 하나가 한 가지 의미를 갖는다. 반면 시는 다르다. 겉으로 드러난 표현은 "나 보기가 역겨워 가실 때에는"으로 한 가지지만 이 문장에 내재된 상징과 의미는 여러 가지다. 그것은

'사랑'일 수도 있고 '원망'일 수도 있으며 '포기'나 '서러움'일 수도 있다.

하지만 에세이가 시나 소설과 달리 일상어의 작동 방식에 가깝다고는 해도 일상어와 똑같을 수는 없다. 문학적인 표현으로 이루어진 에세이는 물론이고 인문, 교양 에세이 역시 문장에 신경 써야 한다. 전자의 경우, 문학적인 표현이 뒷받침되어야 하지만 그것이 지나치면 안 된다. 감정을 드러내는 것 역시 마찬가지다. 너무 오글거리는 표현은 곤란하다. 인문, 교양 에세이는 논문처럼 써도 안 되지만 지나치게 편한 문체 역시 좋지 않다. 논리적이고 이성적인 문장임과 동시에 감각적이고 산뜻한 문장이어야 한다. 묘사가 그림을 그리듯 쓰는 것이라는 건 비교적 이해하기 쉽다. 그런데 진술은 참 어렵다. 감정을 절제한 진술을 쓴다는 것도 어렵고 적절한 거리를 둔, 객관적 문장으로 된 진술을 하기도 어렵다.

이럴 때는 그저 하나만 생각하도록 하자. 소재에 집중하여 진술하는 것이다. 일단 주제를 언급하는 것만 피해도 실패할 확률은 낮아진다. '냉장고'를 가지고 에세이를 쓸 때 냉장고라는 소재를 중심으로 진술하는 것이다. 냉장고가 지니고 있는 영하의 섬뜩함을 진술하는 것이 주된 전개가 되어야 한다. 글의 처음부터 냉장고의 이런 점이 인생과 닮고 저런 점에서 삶의 행복을 찾아야 한다는 식으로 주제에 접근하면 곤란하다. 주제에 집착하는 글쓰기는 뻔한 신술에 긴힐 기능성이 크다 주제를 드러내는 진술은 글 전체 중 극히 일부면 된다. 그것만으로 충분하며 그랬을 때 오히려 에세이의 진술은 빛을 발한다.

좋은 문장과 나만의 에세이 쓰기

영화처럼, 사진처럼
에세이 쓰기

글쓰기 수업을 할 때 영화나 사진 이미지를 참고하여 써보라는 말을 자주 한다. 영화나 사진이 이미지로 이루어진 예술 장르인 만큼 묘사 연습을 하기 쉽기 때문이다. 하지만 영화나 사진 같은 이미지를 보고 써도 쉽지 않다. 상당수 사람들이 여러 가지 이유로 묘사에 실패한다. 저마다 영화나 사진 속 장면을 떠올리며 글로 그림을 그리지만 영 마뜩잖다. 분명히 이미지를 썼는데 좋은 글에서 보던 묘사와 다르게 어딘지 어설프다. 그림이 감각적으로 그려지지도 않고 글 속 장면에서 문학적인 울림이 느껴지지도 않는다. 갤러리에서 보던 작품 사진의 이미지처럼 다가오기보다 아무렇게나 찍은 밋밋하고 건조한 스냅 사진 같기만 하다. 대체 무엇이 잘못된 것일까?

앞에서 묘사가 실패하는 원인 중 하나가 설명이라고 했는데, 영화나 사진으로 묘사를 할 때도 마찬가지다. 눈앞에 펼쳐진 영화와 사진은 감각적인 이미지인데, 그것을 종이에 프린트하듯 그리는 것이 아니라 구구절절 설명하거나 기계적으로 그린다. 구구절절 쓴 글은 장황한 설명이 되고 기계적으로 쓴 글은 이미지를 단조롭고 단편적으로 만든다. 영화나 사진을 보고 쓴다고 하더라도 실패한 묘사가 된다. 그런 경우라면 일단 눈으로 본 것만을 믿고 생각을 쓰지 말도록 하자. 눈으로 본 이미지를 생각 이전의 감각화된 문장으로 재현해야 한다는 사실을 잊지 말자. 물론 글쓰기가 생각의 가운데 나오는 것은 맞지만 생각을 말하려고 할 때 그것은 실패한 글이 된다. 여기에 더하여 영화와 사진으로 묘사 연습을 할 때 특별히 주의해야 할 점이 하나 더 있다.

그것은 바로 줄거리와 이야기를 늘어놓지 말아야 한다는 점이다. 영화의 한 장면을 가지고 묘사를 하라고 하면 대부분 줄거리를 늘어놓기 일쑤다. 그런데 문제는 줄거리를 늘어놓을 때 이미지가 나오기 힘들다는 거다. 당연히 그곳에 이미지가 될 만한 게 있을 리 만무하다. 그저 참고서에 있는 요점 정리 같은 글이 될 뿐이다. 옛날이야기를 들려주는 엄마나 아빠의 이야기와 같다고 생각하면 된다. 당연히 옛날이야기처럼 줄거리로 가득한 이야기에서 이미지를 가져오는 건 쉽지 않다. 묘사는 인상적인 이미지의 조각이거나 결합이어야 한다. 하지만 줄거리는 사건을 열거하거나 설명으로 말할 뿐이다. 영화에서 가져와야 하는 것은 이미지화하기 좋은 장면이고, 그다음에 필요한 것은 그것을 이미지처럼 글로 쓰는 것이다. 묘사는 바로 이 순간 탄생한다. 줄거리를 설명하는 방법으로는 우리의 마음을 사로잡을 만한 이미지를 보여줄 수 없다.

그리고 또 하나! 영화를 통해 묘사 훈련을 하려면 우선 아름다운 장면을 포착하는 능력을 키워야 한다. 그런데 이때 아름다움은 그냥 보기에 예쁘거나 멋진 것을 의미하지 않는다. 예술적인 미적 감각을 느낄 수 있는 아름다움이어야 하는데, 비극적인 장면처럼 일반적으로 아름다움이라 생각하기 힘든 것도 포함한다. 밀레의 〈이삭 줍는 여인들〉처럼 전통적 아름다움이 느껴지는 작품뿐만 아니라 낯설고 불편하게 느껴지는 피카소나 샤갈의 작품 역시 미적 가치로서 아름다움을 지니고 있는 것과 같다. 그러니까 미적인 아름다움은 예술적 감각이 느껴지는 특별한 지점이다.

영화 속에 나타난 미적 아름다움은 영화의 내용과 연관지어 나타날 수도 있지만 영화의 내용과 상관없이 다가오는 경우도 있다. 영화에서는 그다지 중요하지 않은 배경일지라도 작가가 어떻게 미적 가치를 부여하느냐에 따라 특별하게 다가올 수도 있다. 이를테면 그저 배경일 뿐인 '숲'과 '까마귀'일지라도 그것으로부터 공포와 비극, 황폐함과 죽음이라는 미적 감각을 길어 올릴 수 있는 것처럼 말이다. 이처럼 우리의 미의식을 지배하며 예술적 감각을 극대화시키는 장면을 '지배적인 정황'이라고 한다. 우리의 미의식을 지배할 수 있는 장면이라는 뜻이다. 문학적 특성이 강하게 드러나는 에세이를 쓸 때 '지배적인 정황'을 포착한다면 보다 인상적인 글을 쓸 수 있다.

사진 역시 마찬가지다. 다만 사진의 경우는 정지된 하나의 장면을 가지고 쓰기 때문에 글을 쓰는 사람의 상상력이 적극적으로 개입되어야 한다. 눈에 보이는 사진 속 장면만 섬세하게 써도 좋은 묘사가 될 수 있지만 사진에 나타나지 않은 장면을 상상하여 쓴다면 훨씬 풍요로운 글이 된다. 이때 상상의 방법 역시 철저하게 '지배적인 정황'이어야만 한다. 캄캄한 숲을 찍은 사진이 있을 때 겉으로 드러난 숲과 어둠만 보지 말고 그 너머에 있는 바람, 울음, 썩은 나뭇가지, 오래전에 죽은 자의 유골,

죽음으로부터 흘러나오는 노래 등을 상상하여 글의 감각을 극대화해야 한다. 이러한 생각은 글을 쓰는 사람의 상상력을 확장시키는 데에도 도움이 된다. 상상력이 부족하다면 묘사를 할 때 눈에 보이는 것뿐만 아니라 그 너머에 있는 것들을 길어 올리면 좋다.

　우리가 쓰는 에세이의 모든 부분을 영화나 사진 이미지처럼 쓸 필요는 없다. 그리고 이러한 묘사가 필요 없는 에세이도 있다. 하지만 시각적 이미지를 영화나 사진처럼 드러낼 줄 아는 사람이 쓴 글은 분명 다르다. 묘사를 잘하는 사람은 묘사가 필요 없는 종류의 글도 잘 쓴다. 묘사가 문장을 다루는 기본적인 요소면서 동시에 가장 중요한 덕목이기 때문이다. 묘사를 잘하는 사람은 글에 대한 두려움이 상대적으로 적을 수밖에 없다. 물론 묘사는 쉽지 않다. 그러니까 영화나 사진으로 묘사 연습을 하자는 거다. 그림을 그릴 때도 머릿속으로 상상하여 그리는 것이 사진을 보고 그리는 것보다 어려운 것과 같다. 영화와 사진을 보고 묘사 쓰기 연습을 하면 글로 그리는 그림이 어떤 것인지 이해하기 쉽다. 그래도 어렵다고? 맞다. 여전히 어려울 수 있다. 오히려 어렵게 느끼는 것이 정상일지도 모른다. 그래도 이미지를 글로 쓰는 연습을 하자. 무작정 말이다. 그러나 영화와 사진 이미지를 본 느낌이나 생각은 절대로 금물이다. 그냥 눈에 보이는 것만 믿도록 하자. 보이는 것만이 진실이라고 생각할 때 묘사의 세계에 다가설 수 있다.

좋은 문장과 나만의 에세이 쓰기

좋은 에세이를 쓰려면
감정을 버리세요

피천득 작가의 「인연」은 국민 에세이라 할 만큼 많은 사람의 사랑을 받고 있는 작품이다. 교과서에 수록된 이유 때문인지 「인연」을 모르는 사람이 없을 정도이다. 대부분의 사람들이 이 작품을 읽거나, 읽지 않았더라도 대강의 내용을 알고 있다. 그 정도로 널리 알려진 작품이기에 등장인물인 아사코의 이름을 기억하는 독자들도 많다. 심지어 어디에선가 한 번쯤 만났을 것만 같은 느낌이 들 정도로 아사코가 친숙하게 여겨진다. 「인연」은 이야기 속에 특별한 사건이 있는 것도 아니고 작가와 아사코 사이에 애달픈 사연이 있지도 않다. 작가는 그저 오래전 추억을 담담하게 이어갈 뿐이다. 하지만 이들의 이야기는 잔잔한 울림을 주며 우리에게 좋은 인상으로 남는다. 「인연」은 피천득 작가와 아사코와의 인연이 애틋하게 다가오는 좋은 에세이다. 특히 글감을 적당한 거리에서 바라보며 감정을 절제했다는 점이 눈에 들어온다.

그런데 우리는 「인연」과 같은 에세이를 읽고 에세이에 대해 오해하는 경우가 적지 않다. 「인연」 속 작가와 아사코의 이야기를 연인과 관련된 사랑으로만 파악하고 그것을 흉내 내어 감상적인 사랑을 글에 쏟아내려고 한다는 거다. 온갖 낯간지러운 미사여구가 총동원되는데, 연인과의 사랑은 물론이거니와 연민과 슬픔, 행복과 환희 등 자신의 감정에 도취되어 감상적 인식을 마구 쏟아내는 경우가 많다. 마치 노점상을 보고 힘겨운 삶을 떠올린다거나, 아름다운 자연에 대한 예찬을 늘어놓거나, 폐지 줍는 노인을 보고 연민에 사로잡히는 등 온갖 일차원적 감정을 날것 그대로 드러내려는 태도를 보이는 것처럼 말이다. 상투적이고 진부한 감정을 문학적인 것이라고 착각한다.

물론 사랑 등의 감정 자체가 문제는 아니다. 그런 감정 역시 얼마든지 글에 담을 수 있다. 하지만 얼마나 감정을 절제하고 객관화시킬 수 있는지가 관건이다. 감상적이고 신파적인 태도로 그것을 대할 때 문제가 발생한다. 「인연」은 사랑을 감상적 태도로 다룬 작품이 아니다. 오히려 객관적인 태도로 담담하게 사람과 사람 사이의 관계를 지적인 태도로 언급하고 있는 작품이다. 그런데 정작 「인연」을 읽고 난 이후, 사랑에 대한 감상적 태도가 글쓰기의 본질이라고 오해하는 경우가 많다. 문체나 사유, 감정의 절제 등은 온데간데없이 사라지고 지극히 표면적인, 낯간지러운 사랑만 남은 글을 쓰는 것은 이런 이유 때문이다.

에세이를 쓰는 사람들이 가장 흔하게 갖는 오해가 바로 감정과 관련된 것이다. 에세이는 시와 함께 감정을 절제하지 못하는 경우가 많은 장르다. 아무래도 두 장르가 작가의 내면이나 감정이 직접적으로 드러나는 경우가 많기 때문이다. 다른 장르는 그나마 가상의 화자를 내세우기 때문에 글 속 대상과 어느 정도 거리를 유지할 수 있지만 에세이와 시는 화자와 작가를 동일시하는 경우가 많아서이다. 때문에 에세이를 쓸 때는 자신의 감정에 도취되지 않았는지 더욱 세심하게 살펴야 한다. 작가는 섬세한 감정을 가지고 글을 정교하게 다루는 사람이지만 감정에 지나치게 몰입하여 도취되면 곤란하다. 작가는 예민한 감수성을 가진 존재지만, 감정을 조절할 수 있는 사람이어야 한다는 점에서 객관적인 시선을 갖고 있어야 한다.

감정을 어떻게 조절해야 할지 모르겠다고? 그렇다면 여러분이 생각하는 한도 내에서 최대한 감정을 배제하고 에세이를 써보자. 물론 감정을 지나치게 배제하면 무미건조하고 기계적인 글이 되기 때문에 자칫 감동도 재미도 없는 글이 될 여지가 많다. 하지만 감정 쓰레기통에서 글을 시작하는 것보다 건조한 상태에서 시작하는 것이 좋은 글이 될 가능성이 훨씬 높다. 우리 안에는 기본적으로 감정이나 정서 같은 것들이 있기 때문에 건조한 글을 쓴다고 하더라도 자연스럽게 작가의 감정이 들어가기 마련이다. 감정을 객관적으로 절제한 글이 좋은 에세이가 될 가능성이 높아진다.

에세이를 비롯한 대부분의 장르에서 묘사가 중요한 것도 이런 이유에서다. 묘사는 눈으로 바라보는 객관적인 글쓰기 방법이기 때문에 감정을 조절하는 데 효과적이다. 에세이를 쓸 때 감정을 어떻게 다루고 있는지 알쏭달쏭하다면 슬픔, 연민, 회한, 분노, 기쁨, 환희, 열정 등의 감정을 수식하는 표현만이라도 최대한 줄여보자. 감정이란 거품이 넘치는 맥주잔과 같다. 과하면 흘러넘치고, 일단 흘러넘치면 그것을 다시 주워 담을 수 없다. 허겁지겁 흘러넘치는 맥주를 마셔봤자 지저분해진 테이블을 어찌할 수 없는 것처럼 말이다. 부족한 듯 적당하게 맥주를 따르는 것이 중요한 것처럼 글도 마찬가지라는 점을 잊어서는 안 된다.

아주 흔한 에세이의
진부함

만약 여러분이 개화기에 입었던 옷차림을 하고 거리를 나선다면 다른 사람들이 어떻게 볼까? 이를테면 흰 양복에 백구두와 중절모 차림을 한 남자나 개화기 신여성이 입었던 드레스와 모자를 착용한 여자처럼 말이다. 아마도 주위의 사람들이 힐끔거리며 이상하게 바라볼 것이다. 어쩌면 정신이 온전치 않은 사람으로 볼지도 모른다. 개화기였다면 모던보이나 모던걸이라며 최신 유행 패션을 한껏 뽐내며 거리를 활보했을 테지만 지금 그런 옷을 입고 다닐 수는 없는 노릇이다. 아무리 멋진 옷이라고 하더라도 지금의 시선으로 보았을 때 그런 옷차림은 어색하고 이상하다.

글 역시 마찬가지다. 시대에 맞는 옷차림이 있는 것처럼 글도 시대에 맞는 감수성과 표현이 있다. 명작이 시대를 초월한다고는 해도 시대를 완전히 거스를 수는 없는 노릇이다. 고전이라고 불리는 작품들은 대체적으로 시대를 이기는 힘을 가지고 있지만 언제나 시대와 세대를 초월하는 것은 아니다. 오히려 요즘 관점으로 보았을 때 촌스럽거나 서툰 부분이 많기까지 하다. 그런 점에서 고전의 빼어남은 '창작 당시의 기준으로 보았을 때'라는 전제가 암묵적으로 깔린 것이라고 할 수 있다. 오래전에 쓰인 작품이라는 것을 감안했을 때 좋다는 것이지 지금도 옛날처럼 써야 하는 건 아니다.

그런데 오래전에 쓰인 글을 모범답안 삼아 글을 쓰는 경우를 무척 많이 본다. 이런 진부함과 상투성은 시와 소설을 비롯한 대부분의 장르에서 나타나는 문제다. 에세이 역시 이와 같은 오류가 무척 많은 장르이다. 진부한 에세이가 되는 이유는 낡은 정서를 버리지 못했거나, 진부한 단어를 반복적으로 사용하거나, 상투적인 수사가 쓰인 문장을 쓰기 때문이다. 그리고 의미 없는 일상인 신변잡기를 늘어놓을 때도 마찬가지인데, 이런 오류는 대부분 한 편의 글에 뒤죽박죽 뒤섞여 총체적 난국이 되는 경우가 많다. 이외에 다른 원인도 있지만 이 정도만 피할 수 있어도 괜찮은 에세이가 될 가능성이 훨씬 높아진다.

좋은 문장과 나만의 에세이 쓰기

낡은 정서는 쓸쓸한 가을에 느끼는 심정이나 산동네의 풍경을 신파의 감정으로 풀어놓는 경우와 같은 것인데, 이런 내용의 글은 대부분 상투적인 표현을 동반하며 진부하기 짝이 없는 정서를 만들어낸다. 이렇게 낡은 정서를 글로 쓰는 사람이 있을까 싶지만 이런 글을 쓰는 사람은 의외로 많다. '나는 아니겠지'라고 생각하는 이들의 글도 상당수 별반 차이가 없다. 이런 정서는 지금까지 살아온 삶 속에 굳어버린 경우가 많은데, 작가의 내면에 각인된 탓에 그것을 버리는 것이 어렵다. 최대한 이와 같은 정서를 버려야 하지만 그것이 힘들다면 우선 낡은 단어부터 사용하지 않도록 하면 좋다. 단어는 저마다 고유의 분위기와 정서를 가지고 있기 때문에 단어 선택만이라도 주의한다면 글의 분위기를 바꿀 수 있다. 이를테면 '찬란한 아침', '사랑', '소망'처럼 글을 모호하게 만드는 단어나 '신작로', '처마', '구들장'처럼 요즘 정서와 어울리지 않는 단어만이라도 의식적으로 피하도록 하자. 물론 이런 단어가 꼭 들어가야 되는 경우도 있다. 하지만 불필요한 곳에 이와 같은 단어를 습관적으로 쓰는 경우라면 곤란하다.

상투적인 수사 역시 꼭 버려야 하는데, '솜사탕 같은 구름'이라거나 '용광로처럼 이글거리는 태양'처럼 뻔한 비유에 특히 주의해야 한다. 상투적인 수사가 나오는 것은 문학적인 에세이를 쓰려는 욕심 때문이다. 뭔가에 자꾸 비유해서 써야 문학적인 글이 된다는 강박에 빠지는 경우가 많은데 상투적인 비유는 오히려 글을 망칠 뿐이나. 이런 오류는 이상하리만큼 빈번하게 신변잡기를 다룬 에세이와 결합하여 민망한 결과물을 만들어내곤 한다.

좋은 문장과 나만의 에세이 쓰기

나만의 에세이를 쓰기 위한
소재 찾는 법

글을 쓰기 위해 노트북을 켜고 앉았지만 아무것도 떠오르지 않아 고민스러웠던 경험은 누구나 있을 것이다. 멋진 글을 쓰고 싶지만 그것은 생각보다 쉽지 않다. 에세이라고 만만하게 보았는데 그게 아니다. 과연 무엇이 문제일까? 사람들의 마음을 사로잡을 만한 문장을 쓰고 싶지만 좀처럼 글은 나오지 않고 고민만 늘어간다. 이때 가장 먼저 떠오르는 건 문장력이 부족해서일 것이라는 생각이다. 문장에 대해 고민만 하다 글을 시작하지 못할 때도 많고, 멋진 문장을 쓰려는 강박감이 글을 망칠 때도 많다. 하지만 정작 대부분의 사람이 겪는 문제는 문장보다 다른 곳에 있는 경우가 많다. 좋은 글을 쓰기 위해 문장력이 필요한 건 사실이지만 글을 시작할 때 우리를 고민에 빠뜨리는 건 오히려 '무엇을 쓸 것인가'의 문제가 먼저인 경우가 많다.

그런데 '무엇을 쓸 것인가'를 명확하게 정하지 않고 글을 쓰려는 사람들이 의외로 많다. 에세이를 쓰기 위해 문장에 대해 고민을 하는 것 이상으로 무엇을 쓸지 정하는 게 중요한데 말이다. 그저 아름다운 문장을 쓰고 싶은 욕심만 앞세우는 경우가 많다. 결국 아름다운 문장에 대한 강박 때문에 글은 시작하지도 못하고, 막막한 마음만 한가득 안고 끝도 없는 고민에 빠진다. 그런 점에서 글쓰기의 가장 큰 적 가운데 하나는 멋진 문장에 대한 열망이라고 할 수 있다. 그렇다고 문장에 신경을 쓰지 않아도 된다는 이야기는 아니다. 그럼에도 불구하고 문장은 여전히 중요할 뿐만 아니라 글쓰기의 기본 중의 기본이다. 다만 문장에 대한 고민만 하지 말고 문장 이전에 '무엇을 쓸 것인가'를 생각하자는 것이다.

소재를 정하고 쓰는 글은 여러 가지 장점이 있다. 우선 무엇을 써야 할지 명확하기 때문에 글을 시작하기 쉽다. 바다 한가운데 있는 것과 같은 막막함을 덜 수 있다. 그리고 하나의 주제나 소재로 한 권의 책을 묶는다면 책으로서 유용한 가치를 갖게 될 가능성이 커진다. 당연히 독자들에게도 의미 있는 책이 될 여지가 많다. 하지만 소재에 대해 생각하자는 말을 '소재주의'로 오해해선 안 된다. 보통 소재주의는 부정적인 의미로 쓰이는데, 소재라는 작은 것에만 집착한, 소재 너머를 생각하지 않는 것을 의미한다. 글의 본질보다 사소한 것을 중심에 둔다는 뜻이어서 그렇다. 하지만 지금 이야기하는 것은 이런 부정적 의미로서의 소재주의가 아니다. 무엇을 쓸지 명확하게 소재를 정하자는 의미에서 소재를 먼저 생각하자는 이야기일 뿐이다.

가치 있고 흥미롭게 다가오는 소재를 찾은 뒤에 쓰는 글은 여러 가지 장점을 갖는다. 글을 쓰는 작가와 읽는 독자 모두 행복할 수 있다. 그뿐만 아니라 한 권의 책으로도 더 큰 가치를 갖게 된다. 따라서 무엇을 쓸 것인가라는 고민은 좋은 책에 대한 고민이기도 하다. 좋은 글을 쓰는 것은 작가나 독자에게 행복한 마음을 주는 것이기도 하다. 물론 이때 행복한 마음을 주는 것이 교훈을 준다거나 실용적인 정보를 주는 것만을 의미하지는 않는다. 책에서 나름의 가치를 얻고 행복을 느낄 수 있어야 한다는 거다. 독자들이 어떤 글을 읽거나 책을 선택했을 때 후회하지 않게 해야 한다. 그것이 소소한 감동이든 정보든 꿈이든 무엇이는 말이다.

글의 소재는 구체적이어야 한다. 두루뭉술한 소재는 글을 모호하게 하므로 좋지 않다. 이건 에세이뿐만 아니라 모든 글쓰기 방법에 해당하는 사항이다. 글은 문장이든 소재든 구체적일수록 좋다. 다음 세 가지 소재를 가지고 각각 글을 쓴다고 가정해보자.

① 예술
② 영화
③ B급 영화

예술이라는 소재보다 영화가 더 구체적이고, 영화보다 B급 영화라는 소재가 훨씬 구체적이다. 당연히 에세이를 쓸 때도 예술에 대한 에세이를 쓰는 것보다 영화에 대한 글을 쓰는 것이 구체적이고, 영화보다 B급 영화에 대한 에세이를 쓰는 것이 구체적이다. 특히 여러 편의 에세이를 연재할 때 이런 모호함과 구체성의 차이는 더 명확하게 드러난다. 예술에 대한 글을 연재할 때는 연재하는 에세이의 성격이 불분명하게 다가올 수밖에 없다. 영화에 대한 글을 썼다가 음악이나 미술에 대한 글도 썼다가 하게 되면 아무리 문장이 좋아도 한 권의 책으로 묶기 힘든 정체불명의 글이 될 뿐이다. 그런데 영화에 대한 글만 연재하면 좀 더 구체적인 느낌을 주는 묶음이 된다. 온갖 잡다한 장르를 다룰 때보다 영화 에세이집이 훨씬 흥미롭게 다가오는 건

좋은 문장과 나만의 에세이 쓰기

당연하다. 참신한 소재를 일관되게 묶자는 거다.

그런데 영화 에세이는 평론가의 글도 많을 뿐만 아니라 인터넷에서도 수준급의 글을 쓰는 네티즌들이 참 많다는 게 문제다. 뭔가 영화 에세이집만으로는 부족하다. 많은 사람들이 여기저기에서 흔하게 쓰는 글이니 굳이 책으로 읽을 필요를 느끼지 않는다. 영화 에세이가 매력을 갖기 위해서는 다른 것들이 필요하다. 여기에서 말하는 것은 영화 평론가 같은 날카로운 시선이나 작가들과 같은 멋진 문장력이 아니다. 이런 것들도 필요하지만 흥미진진한 영화 에세이가 되기 위해서는 이것만으로는 부족하다. 이름이 알려진 작가가 아닌 이상 평범한 영화 에세이는 포털 사이트 게시판이나 SNS 글처럼 일회적으로 소모될 가능성이 크다. 당연히 책으로 묶기 힘들다.

아무리 아름다운 문장으로 썼다고 해도 영화 감상문 같은 글로는 작가의 개성을 담은 글이 되기 힘들다. 출판사에 투고해봐야 번번이 거절 이메일을 받을 것이고 좌절감에 괴로운 마음만 쌓일 것이다. 그렇다면 조금 다르게 생각하면 어떨까? 이를테면 'B급 영화'에 대한 글을 집중적으로 쓰는 것처럼 말이다. 이렇게 하면 구체적인 소재를 갖춘 글이 될 뿐만 아니라 일반적인 영화 에세이와는 비교할 수 없을 만큼 흥미롭기까지 하다. 당연히 한 권의 책으로 묶었을 때 완성도가 더욱 높아진다. 그런데 혹시 B급 영화라는 소재가 고급스럽지 못해서 거부감이 드는 분이 있을지 모르겠다. 하지만 절대 그렇지 않다. B급 영화라는 장르가 예술성이 떨어진다는 것이 일반적인 생각이지만 이걸 어떻게 다루나에 따라 전혀 다른 느낌의 글이 될 수 있기 때문이다. 다음과 같은 두 권의 산문집 중에서 어떤 책이 더 좋은 소재와 책이 될 수 있는지 살펴보자.

① 어느 봄날 베란다에서 커피를 마시며 느끼는 삶의 기쁨
② B급 영화를 보는 사람의 매일 밤

①번 '어느 봄날 베란다에서 커피를 마시며 느끼는 삶의 기쁨'과 같은 글은 여러 면에서 좋지 않은 글감이다. 우선 감상적인 인식을 바탕으로 했기 때문에 감정이 과다하게 나올 가능성이 높다. 사랑, 기쁨, 슬픔 등처럼 감상적으로 흐를 수 있는 감정 상태에 빠지는 걸 경계해야 한다. 특히 에세이의 경우는 작가가 화자가 되어 글을 전개하는 경우가 대부분이기 때문에 감상적인 글이 될 가능성이 더 크다. 감정이 과다하게 나오는 글은 모호한 느낌을 줄 수 있다는 점에서 좋지 않다. 당연히 구체

성이 사라지게 되기 때문에 뜬구름 잡는 이야기처럼 된다. 감정을 절제했을 때 좋은 글이 될 수 있음을 알아야 한다. ①번과 같은 '어느 봄에 느끼는 삶의 기쁨'은 어떤 것일까? 이 소재는 기쁨이라는 큰 덩어리만 이야기하고 있을 뿐 정작 '어떤' 기쁨인지는 막연하기에 알 수 없다. 봄날의 따스함에 기쁜 마음이 든다는 식의 막연함만 이야기하게 된다. 모호한 소재가 모호한 글이 되는 경우다. 하지만 ②번 'B급 영화를 보는 사람의 매일 밤'은 무엇을 쓸 것인지 명확할 뿐만 아니라 소재도 흥미롭다. 좋은 글과 책이 될 거라는 느낌이 온다.

①번과 ②번의 차이점 중 하나는 구체성이다. ①번의 소재는 '삶의 기쁨'이고 ②번의 소재는 'B급 영화'다. ①번 '삶의 기쁨'은 '삶'도 '기쁨'도 모두 막연하다. 누구의 어떤 삶인지 알 수 없고 어떤 기쁨인지도 알 도리가 없다. 그런데 ②번 'B급 영화'는 명확하다. ②번은 소재를 'B급 영화'로 한정 지었기 때문에 읽는 사람들에게 분명하게 다가선다. 'B급 영화'에 대한 책을 쓰거나 블로그를 운영한다고 생각하면 훨씬 이해가 쉽다. 'B급 영화'를 다룬 책과 블로그는 흥미롭지만 ①번은 별로 궁금하지 않은 이야기다. 한 편의 글로서도 그렇지만 한 권의 책으로도 ②번이 훨씬 선명하고 흥미롭다.

'B급 영화'처럼 좋은 소재는 얼마든지 있다. 무작정 자신의 일상을 쓰려고 하지 말고 평범한 듯 특별한 소재를 찾아보자. 때로는 의외의 취미나 관심사가 좋은 에세이가 될 수 있다. 식물에 관심이 있는 사람이라면 야생화에 대한 글을 쓸 수도 있고 뜨개질이나 찻잔을 파고든 글도 좋다. 사찰 요리에 대한 글이나 예술 영화관에 대한 글을 쓰는 것도 좋다. 여행을 좋아하는 사람이라면 여행에 대한 에세이를 쓰는 것도 좋다. 다만 여행은 B급 영화의 사례처럼 좀 더 구체적으로 소재를 정하고 쓸 필요가 있다. 여행지에 대한 글은 인터넷 검색만 해도 차고 넘친다. 따라서 자신만의 특별함이 없다면 독자의 마음을 사로잡는 글을 쓰기 힘들다. 그동안 다닌 여행지를 무작정 늘어놓는 여행기는 피해야 한다. 자신이 다녀온 여행지를 모두 늘어놓지 말고 하나의 테마를 잡고 쓰면 좋다.

섬이나 미술관에 대한 에세이만으로 구성해도 좋고 삿포로 뒷골목 카페를 소개하는 글 묶음도 좋다. 아니면 알래스카나 사하라 사막처럼 특별한 곳에 대한 이야기도 좋다. 여기서도 중요한 것은 구체적인 소재를 찾는 것이다. 이런 글은 포털 사이트 게시판이나 SNS에 소모품처럼 사라지는 게시물과 다른 느낌을 주기 마련이다. 늘 '무엇을 쓸 것인가'를 고민해야 한다. 그래야 보다 의미 있는 글을 쓸 수 있다. 그런 점에서 우리 모두 소재주의자가 되었으면 한다. 남과 다른 소재를 찾기 위해 엄청난 노력을 해야 한다. 그런 소재를 찾기 어렵다고? 당연히 어렵다. 그게 쉽다면 누구나 멋진 에세이를 쓸 수 있을 것이다. 글 쓰는 것이 만만한 일이 아닌 만큼 좋은 소재를 찾는 것 역시 쉽지 않다. 소재를 찾는 노력을 기울이지 않고 독자들에게 사랑받는 에세이를 기대해서는 안 된다.

소재와 관련해 한 가지 이야기를 더 하자면 문장에 들이는 노력 이상으로 소재 찾는 것을 중요하게 생각해야 한다는 점이다. 에세이를 쓸 때 의외로 문장력은 큰 문제가 되지 않는다. 흔히 멋지고 근사한 문장과 아름다운 표현에 대한 강박에 시달리곤 하지만 그럴 필요가 없다. 이런 강박에 시달리느니 한 문장이라도 쓰는 데 집중하는 게 좋다. 에세이가 아무렇게나 써도 되는 장르는 아니지만 예쁜 표현에 집착하는 것이 오히려 글을 망치게 한다. 잘 쓴 글은 멋지게 쓰려는 강박에 빠질 때보다 어깨에 힘을 빼고 편안하게 쓸 때 나온다. 시나 소설 같은 경우는 작가만의 문체와 수사 등이 강조되는 장르이기 때문에 특별한 표현을 할 필요가 있지만 그런 경우가 아니라면 담백한 문장이 좋다. 글쓰기에 실패하는 사람이 겪는 문제의 대부분이 바로 문장의 담백함이다. 제발 자꾸 무언가 꾸미려 하지 말자. 그것만 실천해도 글쓰기의 기본은 한다. 과한 화장이 흉해 보이는 것과 같다.

에세이를 쓸 때 오히려 문장보다 소재에 대한 고민을 하는 것이 좋다. 사람들이 에세이에 대해 잘 모르는 것 중 하나가 소재의 중요성이다. 대부분 표현에만 집중한 나머지 진부한 소재를 쓰고, 쓰고 또 쓴다. 하지만 읽고 싶은 생각이 들지 않는 소재는 그 자체로 실패한 글쓰기이다. 더구나 멋지게 쓰려는 욕심에 문장 역시 실패하는 경우가 많기 때문에 총체적인 문제와 맞닥뜨린 글이 되고 만다. 문장에 대한 강박을 벗어나 어떤 소재를 쓸지 고민하자. 그러면 아주 멋진 에세이가 우리 앞에 모습을 드러낼 것이다.

좋은 소재를 선택한 책은 문장력이 다소 부족하다고 하더라도 크게 문제가 되지 않는다. 경우에 따라서는 문장이랄 것도 없는, 메모 수준의 글이 멋진 책이 되는 경우도 있다. 그만큼 소재가 중요하다. 반대로 소재가 좋지 않은 글은 문장이 좋아도 실패하는 경우가 많다. 물론 문장력으로 소재의 한계를 극복하는 경우도 있지만 이걸 기대하는 것보다 좋은 소재를 찾는 것이 더 빠르다는 것을 명심해야 한다.

　　　　　　　　좋은 문장과 나만의 에세이 쓰기

3

세상의 모든 에세이 쓰기

여행이라는 이름의
에세이

알래스카를 여행했을 때의 일이다. 오랜 시간 꿈꾸었던 극지로 여행을 떠나려니 무척 설렜다. 오랫동안 꿈꾸었던 알래스카 여행이었던 만큼 그냥 다녀오기만 하는 것이 아쉬웠다. 이런저런 생각 끝에 머나먼 극지까지의 여정을 담아 책을 펴내면 어떨까 싶은 생각이 들었다. 하지만 십여 일 남짓 다녀오는 여행자가 책을 쓴다는 것은 무척이나 민망한 일이었다. 오랜 시간 극지를 꿈꾸고 혼자 공부했지만 극지에 대한 한 권 책의 저자가 된다는 게 부끄럽게 느껴졌다. 그래도 극지에 대해 내가 말할 수 있는 것이 있을 것만 같았고 그것에 대해 꼭 쓰고 싶었다. 그때 생각난 것이 가쎄출판사의 '일주일 시리즈'였다.

이 시리즈는 특정 나라나 도시뿐만 아니라 일상의 모든 것

세상의 모든 에세이 쓰기

들과 함께하는 일주일을 다루고 있는 것이었는데, 『에든버러에서 일주일을』, 『칠레에서 일주일을』과 같은 책뿐만 아니라 『송창식과 일주일을』, 『하얏트에서 일주일을』, 『요리사와 일주일을』에 이르기까지 다채로운 소재를 다루고 있다. 일주일이 제목인 책이라면 나의 알래스카 여행기를 기꺼이 읽어줄 독자가 있지 않을까 싶은 마음이 들었다. 마침 가쎄출판사 대표님이 페이스북 친구였는데, 친구가 된 이후에 소통은 없었지만 용기를 내어 페이스북으로 DM을 보냈다. 이후 출간제안서와 샘플 원고를 보냈고 알래스카 여행 이후에 책이 나오게 되었다.

『알래스카에서 일주일을』의 출간 과정을 장황하게 설명한 이유는 여행 에세이가 공간 이외의 내용을 내세워 쓸 수 있다는 것을 말하기 위해서다. 여행 에세이를 쓸 때 가장 흔하게 떠올리는 것은 어느 곳을 여행하고 쓸 것인가이다. 그만큼 공간은 여행 에세이에서 중요한 비중을 차지한다. 여행이 특정 공간으로 떠나는 것인 만큼 여행 에세이가 여행지를 다루는 것은 자연스럽다. 다만 공간 이외의 글감은 없는지에 대해서도 한 번쯤 생각해볼 필요가 있다. 이를테면 시간과 여행 수단을 앞세워 여행 에세이를 구성하는 것도 좋다. 물론 여행 에세이인 만큼 이때도 공간에 대한 이야기는 들어간다. 하지만 여행 에세이의 중심을 다른 것으로 삼는다면 조금은 특별하고 색다른 이야기를 쓸 수도 있다.

여행에는 물성이 있는 공간만 존재하는 것이 아니다. 물성이 없는 시간을 특별하게 다룰 수도 있다. 장기 여행을 다룬 여행 에세이가 대표적인 사례다. 이 경우에 제목에 시간을 내세우지 않는 경우가 많지만 책 전체를 아우르는 1년, 2년과 같은 긴 여행 기간이 여행 에세이에 특별함을 부여하게 된다. 장기 여행을 다룬 에세이가 주목을 받는 것은 그 안에 시간의 특별함이 있기 때문이다. 시간을 앞세운 여행 에세이를 고민한다면 의외의 새로움을 만날 수도 있다. 우리 여행의 낯선 시간에 대해 고민해보도록 하자.

『알래스카에서 일주일을』도 시간을 중요하게 내세운 여행 에세이인데, 알래스카라는 공간이 중심에 있지만 '일주일'이라는 시간이 있기 때문에 여행 에세이의 성격과 분위기가 분명하게 드러난다. 공간만을 앞세운 여행 에세이와 미묘하게 다른 느낌을 준다. 근래에 유행처럼 번진 '한 달 살기' 역시 산문집으로 많이 출간되었는데, 이것 역시 '한 달 살기'가 책의 내용과 분위기를 결정한다. 심지어 책에 대해 독자들이 갖는 기대치 역시 '한 달'이라는 시간으로부터 비롯된다. 그리고 '일주일 시리즈'나 '한 달 살기' 책 이외에도 시간이 중심이 된 여행 에세이는 얼마든지 가능하다.

버스나 기차, 비행기 같은 여행 수단을 앞세운 여행기를 기획하는 것 역시 여행 에세이를 쓰는 또 다른 방법이다. 한동안 기차 여행을 다룬 에세이가 많았는데, 대표적인 것이 시베리아 횡단열차 여행이다. 이때 시베리아와 러시아라는 공간은 횡단열차와 결합할 때 비로소 의미를 갖게 된다. 버스 여행 역시 마찬가지다. 『미애와 루이, 318일간의 버스여행』이나 『빼빼가족, 버스 몰고 세계여행』, 『마을버스 세계를 가다』는 모두 버스라는 교통수단을 통해 여행 에세이의 특별함을 획득한 책이다. 『미애와 루이, 318일간의 버스여행』은 버스 세계여행의 원조라 할 수 있는 책이고, 『빼빼가족, 버스 몰고 세계여행』은 부부와 그들의 자녀 세 명이 중고 버스를 구입하여 떠난 세계 여행기이다. 『마을버스 세계를 가다』는 폐차 직전의 마을버스로 떠난 중년 남성들의 여행기이다. 이들의 버스 여행 에세이는 많은 독자들의 사랑을 받았을 뿐만 아니라 작가들 역시 이름을 얻었다.

여행 교통수단이 특별한 여행 에세이가 되는 경우는 이외에도 많다. 50cc 스쿠터를 타고 시베리아 횡단을 한 수의사의 여행서가 출간되었는가 하면 자전거를 타거나 걸어서 세계여행을 한 이들의 책도 많다. 바이크나 자동차를 타고 떠나는 세계여행은 이제 흔하기까지 하다. 심지어 경비행기, 요트를 타고 단독으로 세계여행에 나서기도 하고, 드물기는 하지만 화물선이나 군함을 타고 떠나는 세계여행도 가능하다. 어떤가? 교통수단만으로도 특별하고 흥미진진한 여행 에세이를 쓰는 것이 가능하지 않은가 말이다. 그런 점에서 여행 에세이가 곧 공간이라는 고정관념에서 벗어날 필요가 있다.

물론 공간의 문제가 여행 에세이 쓸 때 가장 중요하다는 점은 분명하다. 공간이 존재하지 않는 여행이 불가능한 탓이다. 그런 점에서 여행 에세이를 쓸 때 가장 많이 고민하는 것은 어느 곳에 대해 쓸 것인가의 문제다. 하지만 국내여행은 물론이고 세계여행까지 보편화된 상황이기 때문에 웬만한 곳은 여행 에세이로서 큰 매력을 갖지 못한다. 너무 흔한 여행지가 되었기 때문에 책으로 펴낼 만한 매력을 갖기 힘들다. 더구나 인터넷이 보편화된 이후 컴퓨터나 핸드폰으로 검색만 해도 여행기와 정보가 넘쳐나기 때문에 특별함이 부여되지 않은 여행 에세이가 독자들에게 매력적으로 다가서기란 쉽지 않다. 한때는 동남아

시아로 배낭여행을 다녀온 여행 에세이만으로도 멋진 여행서를 출간하던 때가 있었지만 지금은 상황이 완전히 다르다.

결국 공간에 특별함을 부여하든 좀 더 특별한 공간을 찾아 여행을 떠나든 뭔가 방법을 강구해야 한다. 그렇지 않고 유럽 여행 에세이나 미국 여행 에세이같이 흔하디흔한 글을 생각나는 대로 쓰면 안 된다. 그렇다고 유럽 여행 에세이나 미국 여행 에세이를 쓰면 안 된다는 건 아니다. 다만 이렇게 평범한 공간을 다룰 때에는 거기에 특별함을 부여해야 한다. 이를테면 그냥 오키나와 여행 에세이를 쓸 것이 아니라 '오키나와 카페'만을 다룬 여행 에세이를 쓰는 식이다. 그동안 출간된 도시 뒷골목 여행 에세이나 미술관 여행 에세이, 수도원 여행 에세이, 포구 기행 등이 바로 공간에 특별함을 부여한 여행 에세이이다. 같은 맥락에서 공동묘지 여행 에세이, 축구장 여행 에세이 같은 것도 좋다.

만약 공간에 특별함을 부여하는 여행 에세이를 쓰는 게 힘들다면 남들이 경험하지 못한 특별한 공간에 대한 여행 에세이를 기획하여 써보도록 하자. 쉽게 갈 수 없는, 그래서 여행서가 많이 출간되지 않은 곳이라면 일단 그것만으로도 절반은 성공한 것이다. 다만 그런 여행지에 가는 것이 여행 에세이를 쓰는 것보다 더 힘들 수 있지만 말이다. 그래도 여행지만 선택하면 된다는 점에서 기획을 하고 소재를 찾는 부담이 훨씬 줄어든다.

물론 예전에 비해 상대적으로 낯선 여행지나 오지 여행을 하는 사람이 많아졌기 때문에 좀 더 특별한 여행지를 찾아야 한 다는 부담감은 있다. 우리가 떠올리는 여행지의 상당수는 이미 여행서로 출간되었다고 해도 과언이 아니다. 오지 여행도 흔한 것이 되었다. 그래도 여전히 쉽게 떠올릴 수 없는 낯선 곳은 많 다. 언뜻 생각나는 곳만 하더라도 알래스카, 북극권, 아프리카, 남극, 그린란드, 사막 등 여러 곳이다. 이런 곳은 일단 떠나고 쓰 는 것만으로도 관심을 끌 수 있다. 나만의 소재를 찾는 것이 결 코 쉽지 않지만 그것을 발견하는 것이야말로 여행 작가의 재능 이자 여행 에세이를 쓰는 힘이다.

산문집을 내고 싶을 때 사람들이 가장 쉽게 떠올리는 것 중 하나가 여행 에세이다. 남부럽지 않을 만큼 여행을 한 사람 이라면 더 그렇다. 자신이 가보고 경험한 것이 얼마나 특별하 고 재미있는지 사람들에게 들려주고 싶은 생각이 마구 들기 마 련이다. 실제로 서점에 가보면 온갖 여행 에세이가 서가에 가득하다. 그뿐 아니라 여행 에세이를 쓴 작가들의 이력을 보면 평범한 사람들도 무척 많기에 '나'도 쓸 수 있다는 용기도 난다. 심지어 그들보다 더 잘 쓸 수 있을 것만 같은 생각이 드는 것은 물론이고 여행 에세이 쓰는 것이 만만해 보이기까지 한다. 그런데 여행 에세이는 정말 누구나 쉽게 쓰고 책으로 낼 수 있는 걸까?

이 말은 반은 맞고 반은 틀리다. 분명 여행 에세이는 누구나 쉽게 쓸 수 있다. 더구나 어지간히만 쓰면 흥미롭게 읽힌다. 인터넷이나 SNS에 글을 올리면 댓글도 많이 달리는 등 반응도 좋다. 그런데 여행 에세이에 대한 반응은 대부분 여기까지다. 책으로 묶자는 출판사가 없는 것은 물론이고 여행 작가로 활동하기도 힘들다. 책을 내려면 자비 출판 이외에 뾰족한 수가 없을 때도 많다. 바로 여기에 여행 에세이 쓰기의 딜레마가 있다. 여행 에세이는 쉽게 접근할 수 있는 만큼 누구나 쓸 수 있지만 그게 바로 독이 된다. 누구나 쓸 수 있기 때문에 지나치리만큼 많은 사람들이 인터넷을 비롯한 온갖 매체에 여행 에세이를 올린다. 경쟁자가 많은 것은 차치하더라도 그만큼 개성적인 글을 쓰기도 힘들다. 당연히 책으로 묶는 것 역시 어려울 수밖에 없다. 책으로 묶일 만한 특별함을 찾는 것 자체가 쉽지 않기 때문이다.

문제는 또 있다. 독자들 역시 인터넷에서 쉽게 여행 에세이를 읽을 수 있기 때문에 굳이 여행 에세이를 사지 않는다. 때문에 인터넷에 넘쳐나는 여행 에세이는 독자들이 여행 에세이를 찾지 않는 원인이 되기도 한다. 하지만 인터넷이나 SNS에 업로드된 여행기 중에 책으로 낼 만한 수준의 완성도와 가치를 지닌 글은 드물다. 여행 정보와 간략한 감상을 열거한 것이 대부분이다. 그렇기 때문에 조금만 신경 쓴다면 여행 에세이를 책으로 내는 것이 가능하기도 하다. 여행 에세이를 책으로 출간하는 것은 단순히 글을 써서 온라인에 공유하는 것과 다르다. 여기에는 보다 섬세하게 다뤄야 할 것들이 많다. 일반적인 여행 에세이가 가지고 있는 것 이외의 가치를 부여하지 못하면 한 권의 여행 에세이로서 실패하고 만다. 독자들이 책값을 지불하고 살 만한 가치가 있어야 한다. 그것은 일목요연하게 정리된 정보일 수도 있고 특별하게 전달되는 감흥일 수도 있다. 무엇을 담고 있든 한 권의 여행 에세이로서 집요하고 일관된 작가의 시선을 느낄 수 있어야 한다.

그렇다면 좋은 여행 에세이를 쓰기 위해서 어떻게 세상을 바라보아야 하는지 생각해보도록 하자. 일단 여행이라는 막연하고 큰 울타리 안에서 쓰지 말자. 주제는 구체적이어야 하고

세상의 모든 에세이 쓰기

소재는 세부적이어야 한다. 특히 소재가 중요하다. 사실 주제는 생각하지 않고 써도 괜찮다. 여행 에세이를 통해 작가가 전달하려는 주제는 거기서 거기다. 하지만 소재를 세밀하게 생각하고 쓰지 않으면 여행에 대한 온갖 잡다한 이야기가 뒤죽박죽되어 개성 없는 책으로 엮이게 된다. 소재는 여행 장소로 한정 지을 수도 있고 특정한 취미, 물건 등으로 구체화시킬 수도 있다. 여행과 여행 에세이를 통해 전할 수 있는 나만의 특별함이 무엇일까라는 고민을 늘 해야 한다. 누구나 쉽게 떠나는 패키지여행을 소재로 여행 에세이로 낼 수는 없지 않은가. (하지만 기획만 좋다면 패키지여행도 책의 소재가 될 수 있다.) 특정 테마와 대상으로 소재를 한정 지을 때 많은 것을 다루지 못할 것이라는 걱정을 하는 이들도 있다. 하지만 정반대라는 점을 잊으면 안 된다. 이렇게 한정 지은 소재일 때 더 깊고 수준 높은 글이 될 수 있다.

크고 근사한 것만 바라보지 말고 일상의 작은 것이나 특정 분야를 파악하여 의미를 부여하도록 하자. 크고 근사한 것들은 그만큼 식상한 것일 수 있다. 앞에서 말한 것처럼 오타쿠와 같은 의외성과 집요함이 필요하다. 일상생활에서는 어떨지 몰라도 글을 쓸 때 오타쿠와 같은 태도는 꽤 많은 도움이 된다. 여행 에세이의 모범 답안으로 유명인이 쓴 베스트셀러를 떠올리는 경우가 많은데 오히려 오타쿠와 같은 글쓰기가 더 좋다. 유명인이 쓴 여행 에세이는 그가 셀럽이라는 점이 작동하기 때문에 글의 특별함이 다소 약하더라도 좋은 반응을 얻는 경우가 많다. 셀럽이라는 것 자체가 글의 특별함이 되기 때문이다. 때문에 유명인의 베스트셀러가 여행 에세이를 쓰고자 하는 모든 이들에게 정답이 될 수 없는 것이다. 오타쿠와 같은 여행 에세이를 강조한 이유도 그래서인데, 나만의 시선이 중요하다는 이야기다.

여행 에세이를 쓸 때 나타나는 작가의 생각과 문장에도 주의할 점이 있다. 가장 많이 저지르는 실수는 요점 정리식 글쓰기이다. 어디 어디를 갔고 어떤 느낌이었는지를 기계적으로 단순하게 설명하면 곤란하다. 인터넷 블로그 같은 곳에서 흔히 볼 수 있는 글이다. 여행 에세이가 문학 장르인 에세이임을 잊어서는 안 된다. 단편적인 정보를 나열한 것을 좋은 에세이라고 할 수는 없다. 교훈을 주기 위해 지나치게 애쓰는 글쓰기도 곤란하다. 여행 에세이에 삶의 통찰이 드러나는 건 좋지만 하나마나한 교훈은 안 된다. 물론 인생은 허무한 것이라고 하는 것과 같은 유치하기 짝이 없는 말도 적합하지 않다. 여행 에세이를 통해 뭔가를 가르치려는 태도를 보이면 안 된다.

세상의 모든 에세이 쓰기

그리고 예쁜 문장에 집착하여 쓰려고 하지 말자. 여행지의 아름다운 풍경을 보여주려는 욕심에 예쁜 단어를 총동원하여 글을 쓰는 경우가 많은데, 실패의 길로 들어서는 지름길임을 잊지 말자. 예쁜 문장으로 꾸며 쓴 글은 대체적으로 모호할 뿐만 아니라 상투적인 수사인 경우가 많다. 예를 들어 '아름다운 바다가 찬란한 저녁노을을 받아 투명하게 반짝이고 있다' 같은 문장 말이다. 이런 문장은 바다의 아름다움이 구체적이지 않아 모호할 뿐만 아니라 지나치게 상투적인 표현이라 진부하게 다가온다. 그런데 많은 이들이 문학적인 글쓰기를 이런 것으로 오해하곤 한다. 뭔가를 꾸며 쓰려는 욕심을 버리고 그저 담담하게, 객관적으로 쓰는 것이 오히려 좋은 글이 될 가능성이 높다는 점을 잊지 말자.

시간 순서에 따라 일정표 정리하듯 쓰는 여행 에세이 쓰기도 지양해야 한다. 영화 줄거리 요점 정리하듯 시간 순서대로 설명한 글이 재미있는 여행 에세이가 될 가능성은 매우 낮다. 물론 여행에 시간의 흐름이 있고 그것을 기반으로 쓰는 것은 맞지만 초등학생 일기처럼 '아침에 밥 먹고 점심에 친구랑 놀고 저녁에 집에 왔다'고 쓸 수는 없지 않은가. 이제 여행 에세이를 어떻게 쓰는지 알았으니 실천에 옮기는 일만 남았다. 그런데 이게 또 쉬운 일이 아니다. 여행지에서 놀고 먹고 보기도 바쁜데 여행 에세이까지 쓸 여력이 있을 리 없다. 일단 여행지에서는 구체적인 사건과 정보 등 사소한 모든 것을 메모하도록 하자. 정성 들인 문장으로 쓸 필요도 없다. 일단 무조건 기록하라. 그래야 여행을 마치고 글을 쓸 때 정확하고 수월하게 작업을 할수 있다. 여행기를 쓸 때 정보는 꼭 필요하다. 여행 정보를 글로만 남길 필요도 없다. 정보가 될 만한 것을 사진으로 찍어도 좋다. 풍경 사진도 많이 남기자. 사진은 여행의 기억을 되살리게하는 중요한 매개체이기도 하다. 사진은 여행서를 출간하는 데중요한 재산이다. 최근 여행서의 경우, 드로잉을 넣는 경우도 많지만 그래도 사진은 중요하다. 그림에 재능이 있다면 작가가 직접 드로잉 작업을 해도 좋다. 드로잉 작가가 그림을 맡게 되면인세의 일부분을 나눠야 하는 경우도 생긴다.

그리고 만약 여러분이 여행 에세이 한 편이 아니라 한 권의 책을 준비한다면 좀 더 전투적이고 집중적인 글쓰기를 해야한다. 여행은 짧지만 글쓰기는 길고 지루하다. 생각날 때마다 어쩌다 한 편씩 써서는 책 한 권 마무리하기 힘들다. 직장인이라면 퇴근 후에 매일매일 글을 쓸 각오를 해야 하고 때로는 휴일도 없이 글에 매달려야 한다. 물론 여행 에세이 쓰기에만 해당

되는 이야기는 아니다. 그런데 누가 읽어주는 것도 아닌데 매일 매일 쓰는 것이 현실적으로 쉽지 않다. 혼자 묵묵히 책 한 권 분량을 쓴다는 건 수도자가 수행을 참고 견디는 것과 같기에 무척 힘들다. 그런 어려움을 덜기 위해서 블로그나 인터넷 사이트의 글쓰기 플랫폼을 이용하면 많은 도움이 된다. 독자들의 반응에 글 쓰는 즐거움도 생기고 뭔가 성취감도 얻을 수 있다. 그런 가운데 출판사의 출간 제의를 받을 수도 있다. 다만 앞에서 이야기한, 단편적인 인터넷 여행기처럼 쓰면 안 된다. 글을 쓰는 도구는 인터넷이지만 내용은 책을 낼 때와 같은 마음이어야 한다.

서평이라는 이름의
에세이

누구나 한 번쯤 독후감을 써본 경험이 있을 것이다. 초등학교부터 고등학교에 이르기까지 가장 많이 쓴 글의 종류 중 하나가 바로 독후감이다. 그것은 대학에 와서도 다르지 않다. 대학교에서 요구하는 과제 역시 책을 읽고 쓰는 경우가 많기 때문에 독후감의 범주에 넣어도 무방하다. 그만큼 독후감은 오래전부터 우리와 함께했던 글쓰기이다. 하지만 숙제로 해온 탓에 독후감에 대한 기억은 그다지 좋지 않다. 아마 많은 사람들이 싫어하는 글쓰기 중 하나가 바로 독후감 숙제일 거라는 생각이 든다. 글 쓰는 것도 싫고 책을 읽는 것도 싫은데 책을 읽고 그것에 대한 글을 쓰려니 이중의 고통이 아닐 수 없다.

그런데 이런 상황에도 불구하고 책 소개나 서평 쓰기를 하는 사람들이 많다는 점은 정말 의외이다. 포털 사이트 카페에 책 소개를 올리는 사람도 많고 개인 블로그에 서평을 열심히 올리는 사람도 많다. 심지어 서평과 책 소개를 전문으로 하는 유튜버도 있는데 구독자도 많고 영향력도 커서 출판사가 뒷광고를 요청하는 일까지 있을 정도다. 그토록 재미없던 독후감이 무엇 때문에 이렇게 변신하게 된 걸까? 책에 아무런 관심도 없던 사람들이 갑자기 책읽기와 쓰기에 관심을 갖게 된 건 아닐 텐데 말이다. 아마 원래부터 책에 관심을 가지고 있던 사람들이 인터넷 카페나 블로그에 서평을 올리는 경우가 많아서일 거다.

그런데 왜 서평이 인터넷 공간에서 중요한 글쓰기의 한 부분을 차지하게 되었는지 궁금하다. 그 이유는 글을 쓰는 사람들의 개인적인 취향과 관심 이외에 서평 쓰기가 꽤 괜찮은 콘텐츠이기 때문이다. 영상과 인터넷 시대 이후에 출판이 망했다는 이야기가 흔하게 오가는 시대에 정말 이상한 일이다. 하지만 조금만 생각해보면 서평이야말로 누구나 손쉽게 접근할 수 있는 글쓰기라는 걸 알 수 있다. 콘텐츠가 될 만한 책을 손쉽게 구할 수 있을 뿐만 아니라 책은 그 자체로 아주 매력적인 콘텐츠이기도 하다. 독후감이라는 고리타분한 생각만 버린다면 서평은 아주 매력적인 글쓰기이다. 심지어 꽤나 폼 나는(?) 글쓰기이기도 하다.

그런 만큼 에세이로서 서평은 아주 매력적인 글이 될 수 있는 장르다. 하지만 서평만큼 쓰기 어려운 글이 있을까 싶기도 하다. 글이나 책에 대해 쓰는 만큼 일반적인 에세이보다 전문적인 능력이 필요하다. 너구나 소설이나 동화를 제외하면 줄거리가 있는 것도 아니어서 어떻게 써야 할지 막막하기만 하다. 내용을 요약하여 설명하는 것을 서평이라고 할 수 없으니 요점 정리를 할 수도 없는 노릇이다. 어떤 경우에도 서평을 딱딱한 독후감이라고 생각하지 말아야 한다. 서평은 단순한 책 소개가 아니라 그 자체로 아름답고 창의적인 에세이임을 잊으면 안 된다. 서평은 책에 대한 에세이이며 책을 매개로 한 글쓴이의 이야기이다. 따라서 서평은 에세이로서 온전한 기능을 해야 한다. 독후감식 서평은 단편적 인식의 결과물일 뿐이며 기계적인 책 소개에 불과하다. 서평을 쓸 때 가장 흔한 오류는 책의 줄거리를 단순 요약하거나 글쓴이의 생각을 별다른 고민 없이 설명하는 것이다.

좋은 서평은 책 소개에 머물지 않는다. 아름다운 산문처럼 읽히는 빼어난 서평은 책이 지향하는 바를 포착하고 책 속에 담긴 상징을 파악하여 제시한다. 책을 읽은 느낌을 평이하게 열거하지 않고 사유한다. 따라서 서평은 사유하는 방식의 글쓰기이

세상의 모든 에세이 쓰기

다. 여기에 더하여 서평은 창의적인 글쓰기이다. 서평은 감각적이고 창조적인 목소리를 지녀야 하지만 기본적으로 이성적, 분석적 사고를 기반으로 하는 글쓰기다. 때문에 에세이로서 서평은 창의적 글쓰기이기도 하지만 동시에 이성적 글쓰기이기도 하다. 하지만 이 모든 것들에 앞서 생각해야 할 것이 있다. 서평의 출발이 좋은 책에 대한 감식안으로부터 시작한다는 점이다. 그리고 책이 담고 있는 숨은 가치와 의미까지 파악할 수 있어야한다. 좋은 책을 고를 수 없다면, 그리고 그것의 가치와 의미를 알지 못한다면 제대로 된 서평은 우리 앞에 모습을 드러내지 않는다.

영화라는 이름의
에세이

영화만큼 친숙한 예술 장르가 있을까 싶다. 극장 영화뿐만 아니라 다양한 영상 매체를 통해 영화는 더 강력한 예술 기호로 기능하게 되었다. 더구나 넷플릭스 같은 OTT의 등장으로 영화에 대한 대중의 접근성이 더욱 수월해졌다. 그런 만큼 영화에 대해 이런저런 평을 하는 사람들도 많은데, 다른 예술 장르에 비해서 유독 관객의 평가가 활발하다. 그야말로 누구나 영화를 보고 한마디 말을 보탠다. 블로그 등에 긴 글로 영화 감상평을 남기는 경우도 많고 단편적인 정보나 감상을 올린 경우도 적지 않다. 그만큼 영화 에세이를 쓰는 사람이 많다. 평범한 사람들이 쓴 수준급 영화 비평도 적지 않다.

영화 에세이를 쓸 때 가장 주의해야 하는 것은 줄거리를 중심으로 영화를 설명하는 것이다. 영화 에세이는 영화에 대한 정보 전달보다 글쓴이의 감상이 주된 장르이다. 따라서 영화의 내용은 글쓴이의 감상을 도와주는 정도로 사용해야 한다. 영화 에세이라고 하여 영화 자체에만 몰입하여 글을 쓰면 글쓴이의 개성을 확보하기 어렵다. 영화 에세이는 기존 영화를 매개로 하지만 작가의 창의적인 글이어야 한다는 점을 잊어서는 안 된다. 영화 속 상징을 포착한 뒤 그것을 통해 일반 에세이를 쓰듯 자신만의 문장으로 글을 시작하면 좋다. 영화뿐만 아니라 소설, 연극, 뮤지컬 같은 서사 장르에 대한 글을 쓸 때도 줄거리를 설명하기만 해서는 안 된다는 점을 명심하자.

그리고 여러 편의 에세이를 통해 다양한 영화를 다뤄도 좋지만 특정 장르의 영화를 중심으로 영화 에세이를 쓰면 좋다. 특정 장르 영화만을 다룬 에세이를 집중적으로 쓰면 그 자체로 힘을 발휘하게 된다. 앞의 '영화처럼, 사진처럼 에세이 쓰기'에서 밝힌 것처럼 이런저런 영화를 마구잡이로 쓰지 말고 B급 영화처럼 특정 주제나 소재에 집중하여 쓰면 좋다. 이런 방식으로 쓴 에세이를 모아 한 권의 책으로 묶으면 완성도도 높아진다. 물론 여러 편의 에세이에 다양한 영화를 다루는 것도 좋다. 하지만 에세이의 완성도가 높지 않거나 영화 전반에 대한 안목이

부재할 경우 이것도 저것도 아닌 애매한 성격의 산문집이 될 가능성이 많다. 하나에 집중하여 자신만의 장르를 개척해보자.

음식이라는 이름의
에세이

그야말로 음식 관련 콘텐츠가 대세다. 특히 유튜브에서 다루는 음식 콘텐츠는 '먹방'이 아니어도 차고 넘친다. 맛집을 소개하는 콘텐츠는 연령이나 성별을 떠나 많은 사람들의 사랑을 받고 있다. 유튜브뿐만 아니라 TV 프로그램에서도 음식과 연관된 콘텐츠가 인기다. 유튜브에서 많은 인기를 얻고 있는 '오사카에 사는 사람들'(일명 마부장)이나 '성시경의 먹을텐데'는 구독자 100만 명을 훌쩍 넘겼다. 케이블 TV와 공중파 TV도 마찬가지다. 음식 자체를 다루는 프로그램뿐만 아니라 여행, 예능 등을 음식과 연계한 프로그램도 무척 많다. 그뿐만 아니라 K-푸드에 대한 관심에 이르기까지, 그야말로 음식이 우리 문화의 중심에 들어왔다고 해도 지나침이 없다.

음식 관련 콘텐츠가 이렇게 많은 사랑을 받는 것은 여러 가지 이유가 있다. 우선 누구에게나 친숙할 뿐만 아니라 인간의 본능과 연관되어 즉각적인 반응을 이끌어낼 수 있기 때문이다. 먹는 즐거움이 주는 매혹은 다른 콘텐츠를 압도한다. 그뿐만 아니라 음식에는 우리의 개인적인 삶이 녹아 있다. 그것을 통해 음식은 추억과 공감의 대상이 되며 우리의 마음을 사로잡는다. 더 나아가 음식은 사회, 문화, 예술, 역사 등과 긴밀하게 연결되며 인문학의 영역으로까지 확장된다. 이처럼 음식은 다채로운 매력을 지닌 장르다. 그런 점에서 음식에 대한 여러 매체의 관심은 당연하기까지 하다.

음식이 갖는 이러한 매력은 에세이 쓰기에도 똑같이 적용된다. 음식만큼 에세이에 적합한 소재도 드물다. 음식과 관련된 이야기가 매력적인 건 방송 등의 매체가 관심을 기울이는 것과 이유가 비슷하다. 음식에 대한 에세이는 음식 자체에 대한 것부터 시작해서 다양하고 흥미로운 이야기를 우리 앞에 펼쳐놓는다. 음식은 단순한 먹거리가 아니다. 음식은 우리 삶과 연결되어 무수히 많은 이야기를 만들어낸다. 음식에는 우리 삶을 둘러싼 공간과 시간이 녹아 있을 뿐만 아니라 사람과의 관계가 있다. 따라서 음식을 이야기하는 것은 삶을 말하는 것이다. 무엇을 써야

세상의 모든 에세이 쓰기

할지 모를 때 음식을 다룬다면 기본 이상은 할 수 있다.

음식 에세이가 매력을 갖는 또 다른 이유는 독자들이 그것에 공감하며 위안을 얻을 수 있기 때문이다. 음식은 정서적, 감정적, 심리적 측면에서 보편성을 띠기 때문에 독자의 공감을 얻기 쉽다. 독자들은 음식 에세이에 담긴 사연을 읽고 자신의 경험과 동일시하는 경우가 많다. 이런 동일시의 경험은 글과 독자를 밀착시킬 뿐만 아니라 작가와 독자 역시 정서적 유대를 갖게 한다. 음식이 가지고 있는 보편적 공감은 음식 에세이에도 똑같이 적용된다.

그렇다면 좋은 음식 에세이를 쓰려면 어떻게 해야 할까? 첫 번째, 좋은 음식 에세이는 음식 '너머'를 이야기해야 한다. 맛집 블로그와 다른 방법으로 접근하는 글쓰기여야 한다. 그리고 음식에 무엇을 결합할지 고민하면 더욱 흥미로운 에세이를 쓸 수 있다. 이를테면 음식과 영화, 음식과 여행, 음식과 역사처럼 말이다. 무엇보다 음식 소개에 그치지 말고 그것을 매개로 더 넓은 이야기를 다루면 좋다. 두 번째로는 하나의 소재에 집중하는 음식 에세이를 쓰는 것이다. 예를 들면 '비건'처럼 특정 소재를 선택하면 좋다. 더구나 '비건'과 같은 소재는 사유를 동반하는 글쓰기를 가능하게 한다는 점에서 매력적이다. 혹은 떡볶이처럼 친숙한 음식을 통해 공감을 이끌어내도 좋다. 다만 흔한 음식을 소재로 한 에세이는 작가만의 특별한 시각이 없으면 평범함으로 전락할 가능성도 많다. 시찰 음식과 같은 특별함을 통해 참신함을 만드는 것도 좋은 글쓰기 전략이다. 음식 에세이는 이렇게 하나의 소재에 집중할 수도 있지만 음식이라는 소재의 특성상 한 권의 책에 여러 가지 음식을 담는 경우도 많다. 이 경우에도 한 권의 책을 관통하는 작가의 의도가 있어야 한다.

음식 에세이는 그것의 매력만큼이나 함정도 많은 장르이다. 첫 번째로 단순하게 맛집을 소개하는 에세이는 식상하다. 음식 에세이는 단순한 정보 전달이 아니다. 물론 '노포'와 같은 특별한 장소를 소개하거나 책의 목적이 맛집 소개인 경우처럼 예외는 있다. 하지만 맛집에 대한 정보는 인터넷에 넘쳐나기 때문에 그러한 내용을 굳이 에세이로 쓸 필요가 없다. 그리고 맛집 소개는 에세이 고유의 역할과 감성이 축소되기 때문에 매력이 약화된다. 독자들이 음식 에세이를 통해 얻고자 하는 것은 단순한 정보가 아니다. 독자들은 음식 에세이를 통해 정서적 울림과 충만함, 인문적 교양과 지식 등을 얻기를 원한다. 음식 에세이를 쓸 때 주의해야 할 두 번째 사항은 상투적인 감동과 추억을 경계해야 한다는 점이다. 음식 에세이는 사람과의 관계를 기반으로 하는, 사람 이야기인 경우가 많기 때문에 감상적인 추억이 드러나기도 한다. 그런데 문제는 누구나 겪었을 법한 감상적인 추억은 공감을 불러오기보다 진부함이라는 함정에 빠지게 한다는 점이다. 상투적인 감동을 전달하려는 작가의 태도가 감정의 과잉 상태에 빠진 글을 만든다. 음식 에세이 역시 감정이 절제된 문장으로 써야 한다.

맛있는 음식을 먹을 때 우리가 행복해지는 것처럼 음식 에세이를 쓰는 건 무척 흥미롭고 즐거운 일이다. 음식이라고 해서 주식으로 먹는 것들만 떠올리면 곤란하다. 커피에 대해 쓸 수도 있고 술에 대해 쓸 수도 있다. 그리고 근사한 음식만 쓰려고 할 필요도 없다. 라면 같은 인스턴트 음식도 좋고 햄버거 같은 패스트푸드도 얼마든지 훌륭한 음식 에세이의 소재가 된다. 음식을 가지고 무슨 이야기를 할 것인지가 중요할 뿐이다. 직업에 귀천이 없는 것처럼 음식도 그렇다.

나의 취미가
에세이가 된다면

많은 이들이 자신이 겪은 사건을 에세이로 쓰는 경우가 많다. 그리고 이러한 에세이는 추억과 회고담인 경우가 많다. 물론 에세이가 작가가 직접 겪은 일이나 생각을 쓰는 것인 만큼 이상할 건 없다. 다만 이 경우, 매력적인 요소를 갖춘 에세이가 아니라 너무 뻔한 글이 되기 쉽다는 것이 문제다. 그렇다고 자신이 직접 경험한 일상의 에피소드 이외에 쓸 만한 것을 떠올리기도 쉽지 않다. 결국 습관처럼 매번 고만고만한 이야기를 쓰게 되는데, 독자들의 관심을 끌지 못하는 악순환이 계속된다. 이런 점이 고민이라면 과감하게 자신의 일상 에피소드를 피할 필요가 있다. 쉽지 않은 일이지만 과감하게 결단을 내려야 한다.

뻔한 일상 에피소드나 추억, 회고담을 버리는 것만으로도

세상의 모든 에세이 쓰기

단박에 좋은 에세이를 쓸 수 있게 된다. 소재 하나 바꾸었을 뿐인데 완전히 다른 글이 되는 경우가 많다. 글에 대한 독자들의 관심과 호감도가 급상승하는 것은 물론이고 문장까지 더 근사하게 느껴진다. 문장 연습을 따로 하지 않았는데도 더 멋진 글이 되니 신기할 정도다. 작가의 삶이 에세이 소재로 특별한 감각과 매력을 드러내지 못한다면 외부의 소재로 눈길을 돌리자. 우리들이 흔히 갖는 오해 중 하나는 작가가 겪은 삶의 역경과 인간 승리에 독자들도 깊은 감동을 받을 것이라는 거다. 하지만 섬세하게 제시한 작가의 삶이 아닌 경우, 이런 방식의 에세이 쓰기는 대부분 실패한다.

작가의 삶을 드러내지 않으면 큰일이라도 나는 것처럼 생각하는 이들이 많다. 하지만 나 하나 없다고 세상이 망하지 않는 것처럼 작가 자신의 이야기를 쓰지 않는다고 대문호가 될 기회가 날아가는 것도 아니다. 그냥 과감하게 삶에 대한 사유 같은 건 잊도록 하자. 대신 자신이 관심을 가지고 있는 취미나 관심사가 무엇인지 생각해보자. 아니면 주변을 자세히 관찰하여 흥미로운 것을 찾아보도록 하자. 바로 이런 곳에 멋진 에세이 소재가 있기 마련이다. 특별하고 별난 취미나 관심사가 아니어도 좋고 기상천외한 것이 아니어도 괜찮다.

술에 진심인 사람은 술에 대한 에세이에 도전하고 맨홀 뚜껑에 관심이 있는 사람은 그걸 소재 삼아 써보자. 이런 게 진짜 에세이가 된다. 재미도 있을 뿐만 아니라 나름의 가치를 보여준다. 에세이에 내한 소재는 무궁무진하다. 작가가 경험한 일상의 에피소드만 붙잡고 있을 필요가 없다. 앞에서 언급한 여행, 책, 영화, 음식 이외에도 사진, 미술, 음악, 드라마, 만화, 건축 등에 대한 것도 흥미롭다. 그리고 더 좁혀서 고양이, 동전, 밀리터리, 카페, 식물, 다이어트, 요가, 커피, 장남감, 레고, 비건, 가방, 문구, 버스, 공항 등등 쓸 이야기는 차고 넘친다. 취미와 관심사는 물론이고 주변을 돌아보면 에세이의 소재가 될 만한 것은 얼마든지 있다. 물성을 가진 것들 이외에 연애, 우울증, 죽음, 콤플렉스, 트라우마, 성격 등 무형의 것들도 좋은 소재다.

흔히 에세이를 '붓 가는 대로 쓴 글'이라고 한다. 하지만 이 말은 생각나는 대로 대충 쓰라는 걸 의미하는 것이 아니다. 붓 가는 대로 쓰더라도 잘 써야 한다. 그런데 그게 생각만큼 쉬운 것이 아니다. 오히려 에세이에 대한 이런 정의가 글을 망치게 한다. 에세이를 비롯한 모든 글은 치밀한 고민의 결과이다. 그러니 제발 자신의 체험이나 생각을 붓 가는 대로 쓰려고 하지 말자. 특별한 소재를 발굴하여 에세이를 쓰면 '붓 가는 대로' 쓸

세상의 모든 에세이 쓰기

때 저지르기 쉬운 오류를 고칠 수 있다.

자, 이제 소재를 바꿔 에세이 쓰기에 도전해보자. 멋진 문장을 쓰기 위한 고민 따위는 하지 말자. 문장력은 이미 충분하다. 그냥 소재만 달리하여 나만의 취미나 관심사를 가지고 써보자. 믿기 어렵겠지만 이것만으로 완전히 다른 글이 될 것이다. 누누이 강조하지만 우리의 에세이 쓰기는 문장력이 문제였던 것이 아니라 소재가 문제였던 것일지도 모른다.

인문, 교양이라는 이름의
에세이

꽤 오래전에 『식탁 위의 세계사』라는 책이 출간된 적이 있다. 제목만 봐도 음식을 매개로 세계사에 대해 썼다는 것을 알 수 있다. 모 출판사의 좋은 원고 공모전에서 1등을 하며 출간된 책인데, 제목만 보고도 읽고 싶은 마음이 들었다. 음식과 세계사라니! 정말 흥미로운 소재였다. 그런데 더 놀라운 건 이 원고가 작가의 첫 번째 책이 되었다는 거다. 딸의 생일에 선물로 주기 위해 쓴 원고를 공모전에 응모한 거라고 들었다. 이 책은 내용도 좋았지만 기획 자체가 정말 훌륭했다. 수상작 목록에서 제목을 보는 순간 정말 멋진 책이 될 거라는 느낌이 왔고 실제로도 많은 독자들의 사랑을 받았다.

『식탁 위의 세계사』는 인문 교양서로 분류되지만 넓게 보면 에세이로 보아도 무방하다. 그런데 많은 이들이 이런 분야의 글을 에세이라고 생각하지 않는다. 마치 논문처럼 학술적인 글로 생각하는 경향마저 있다. 물론 인문 교양을 다루고 있기 때문에 일정한 지식과 체계적인 글솜씨가 필요하다. 때에 따라서는 전문적인 내용을 알아야 할 때도 있다. 그렇다고 이 책이 논문은 아니다. 오히려 에세이라고 해도 무방할 정도로 편하게 읽을 수 있다. 대부분의 인문 교양서 역시 마찬가지다. 사실 사람들이 에세이라고 퉁 쳐서 부르는 장르는 미셀러니와 에세이로 나뉜다. 우리가 흔히 에세이라고 부르는, 일상을 다룬 가벼운 글은 '미셀러니'이다. 에세이는 오히려 좀 더 무거운 글인 '중수필'을 의미한다. 그렇기 때문에 인문 교양서를 에세이의 범주에 넣는 건 당연하다.

우리는 에세이의 범위를 너무 좁혀서 생각하는 경향이 있다. 신변잡기를 쓴 에세이가 아니더라도 일상을 다뤄야 한다거나 글쓴이의 감정이나 감상 같은 것이 들어가야 한다고 생각하는 경우가 많다. 조금 특별하거나 전문적인 주제나 소재를 다룬 글은 에세이로 생각하지 않는다. 당연히 에세이를 쓸 때 이런 주제와 소재는 다룰 생각조차 하지 않는다. 물론 일상을 다루거나 글쓴이의 감정과 감상을 쓰는 것도 좋다. 하지만 이런 종류의 글만 에세이로 생각할 필요는 없다. 오히려 인문 교양 분야까지 범위를 넓혀 생각하면 훨씬 흥미로운 에세이를 쓸 수 있다.

인문 교양서는 애초에 **주세와 소개**가 명확하다는 점에서 많은 장점을 가진 장르다. 구체적인 글쓰기를 할 수 있을 뿐만 아니라 주제와 소재가 독자들에게 가치 있게 다가올 여지도 크다. 사적인 일상에 가치를 부여하지 못한 채 헤매는 글이 될 가능성이 낮다. 앞에서 이야기한, 취미에 대한 글쓰기도 비슷한 경우다. 인문 교양은 학술적인 것이거나 특별한 무엇에 대한 글이 아니다. 취미에 대한 글쓰기처럼 특정 분야에 좀 더 깊은 관심을 기울인 것일 뿐이다. 이를테면 '요리'는 취미의 범주에 들어가기도 하지만 인문 교양으로서도 훌륭한 주제이자 소재다. 개인적인 측면을 강조해서 쓰면 취미나 관심사에 주목한 에세이가 되는 것이고 사유와 교양에 집중하면 인문 교양서가 된다. 그렇다고 에세이에 사유와 교양이 없다거나 인문 교양서가 딱딱하기만 한 글이라는 이야기는 아니다.

인문 교양서에 대한 오해는 문체에서도 나타난다. 인문 교양서는 논리적이고 건조한 문체일 거라는 오해를 하는 사람들이 많다. 일정 부분 맞는 말이기도 하지만 인문 교양서에 대한

세상의 모든 에세이 쓰기

오해가 불러온 말이기도 하다. 이런 오해가 생기는 이유는 에세이 문체에 대한 편견 때문이다. 에세이를 문학적인 수사로 가득한 글이라고만 생각하는 경우가 많은데, 문학적 수사를 사용하는 글쓰기는 에세이 쓰기의 여러 방법 중 하나일 뿐이다. 문학적인 글쓰기 방법으로 쓰지 않는 에세이도 많다. 오히려 문학적인 수사가 불필요하거나 좋지 않은 경우도 있다. 또한 인문 교양서를 쓸 때 문학적 수사를 절제해야 한다고 해서 반대로 지나치게 논리적일 필요도 없다. 객관적인 문장이면서 동시에 유연한 문체여야 한다. 글을 쓸 때 많은 사람들이 문학적 수사와 논리적 글쓰기를 양극단에 있는 방법이라고 생각한다. 하지만 그 둘을 적당히 아우르는 글쓰기가 있다는 사실을 알아야 한다.

인문 교양서는 다채로운 글쓰기를 가능하게 한다. 그리고 그것은 에세이로서 훌륭한 결과물을 만든다. 어떤 면에서는 작가의 사적인 이야기에 집중한 에세이보다 매력적이다. 우리나라 사람들이 즐겨 먹는 '치킨'을 통해 '역사, 사회, 경제, 문화, 환경' 등을 이야기한 『대한민국 치킨전』이나 우리나라 아파트 문화를 분석한 프랑스 학자의 『아파트 공화국』은 제목만으로도 흥미를 불러일으킨다. 심지어 『아파트 공화국』은 프랑스 대학의 박사 학위 논문이다. 그런데 재미있다. 박사 학위 논문도 멋진 인문 교양서이자 흥미로운 에세이가 될 수 있다는 것을 보여준 사례이다. 이외에도 인문 교양서이자 에세이로 쓸 수 있는 소재는 무궁무진하다. 역사, 문학, 건축, 음악, 미술, 만화, 도시, 생태, 나무, 꽃, 무용, 영화, 음식 등등 헤아릴 수 없을 만큼 다양하다.

에세이를 쓰고 싶다면 인문 교양서는 어떨까? 어려울 것도 없다. 여러분이 관심을 가지고 있는 분야가 있다면 그것으로 충분하다. 오타쿠처럼 좋아하는 분야가 있다면 더 좋다. 때에 따라서는 공부를 하며 쓸 수도 있다. 전문가에 준하는 실력이나 노력이 있어야 하지만 대학교수 같은 학자가 아니어도 괜찮다. 손 가는 대로 쓰는 에세이가 자꾸 실패한다면 더더욱 인문 교양서 쓰기에 도전해보자. 여러분도 『식탁 위의 세계사』와 같은 책을 쓸 수 있다. 정말 멋지지 않은가! 문장력보다 무엇을 쓸지가 중요한 것일 수 있음을 잊지 말자.

4

쓰는 사람의 시간과 매일매일 글쓰기

하루하루 매일매일
에세이 쓰기

글을 쓰는 나의 일상은 무척이나 단조롭다. 물론 다른 사람이 보기에 내 삶은 단조로움과 정반대의 모습일지도 모르지만 나의 하루는 어제 같은 오늘을 견디고 또 견디는 것이다. 하지만 사람들은 내 삶에서 흥미롭고 특별한 모습을 떠올리는 듯싶다. 늦은 시간까지 글을 쓰며 시간을 견디고 누군가에게 문학을 이야기하는 삶. 새롭고 흥미진진한 일들과 다양한 사람들과 함께하는 삶. 그리고 훌쩍 여행을 떠나거나 미술관에 가서 오후 내내 그림을 보기도 하는 삶을 평범하다고 할 수는 없을 것이다. 그러나 일상의 대부분은 쓰고 쓰고 또 쓰는, 지루하기 짝이 없는 시간의 연속이다.

작가의 삶은 분명 일반적인 삶과 다른 부분이 많고 자유로

쓰는 사람의 시간과 매일매일 글쓰기

운 것도 사실이다. 하지만 자기 관리를 철저히 하지 못하면 그 어떤 성과도 거두기 힘들다. 일정 관리부터 강의 준비는 물론이고 기획안 작성이나 수강생 관리, 원고 마감까지, 신경 써야 할 일이 무척 많다. 그중에서 특히 출간할 책 원고를 쓰는 일은 자기 관리를 하지 못하면 제대로 해내기 어렵다. 마감이 있는 청탁 원고야 어찌어찌 시간을 지켜 쓰게 되지만 책을 내기 위해 쓰는 원고는 차일피일 미루기 일쑤이기 때문이다. 물론 책 원고 역시 출판사와 약속한 마감이 있기는 하지만 잡지 원고처럼 꼭 지켜야 하는 것이 아니기 때문에 늦어지기 쉽다.

더구나 책을 내기 위해서 써야 하는 원고의 양은 생각보다 많다. 책 한 권은 보통 200자 원고지 기준으로 600장에서 1,000장, A4 용지로 치면 100장에서 150장 정도를 써야 하는데, 이렇게 많은 원고를 쓰는 것은 그야말로 지루한 시간과의 처절한 싸움이다. 책에 따라서는 200자 원고지 1,000장을 훌쩍 넘겨 쓸 때도 있다. 이렇게 많은 분량의 원고를 정해진 시간 안에 쓰기 위해서 성실함은 작가의 필수 덕목이다. 무라카미 하루키는 하루에 원고지 20매 정도의 글을 쓴다고 한다. A4 용지 두 장이 조금 넘는 분량이다. 어떻게 생각하면 많지 않은 것처럼 느껴지기도 하지만 결코 적지 않은 분량이다. 더구나 생업을 위해 일을 하며 쓰기는 더욱 어렵다.

　내가 글이 나오든 나오지 않든 하루 종일 책상에 앉아 있는 것도 그런 이유에서이다. 강의를 하기 위해 준비를 하고 학교까지 오가는 것만으로도 꽤 많은 시간이 든다. 거기에 더하여 집안일과 잡무를 처리하고 나면 글 쓸 수 있는 시간을 내기 어려울 때가 많다. 그 와중에 행사나 술자리 약속이 있으면 그날은 물론이고 다음 날까지도 글쓰기에 지장이 생긴다. 그런 가운데서도 써야 하는데, 방법은 잠을 줄이고 책상에 앉아 있는 시간을 늘리는 수밖에 없다. 술자리나 모임의 경우에도 미리 약속을 정하고 스케줄을 조정한다. 즉흥적으로 만나는 일은 가급적 피하는 편이다. 그렇게 하지 않고 책을 꾸준히 펴내는 것은 매우 어렵다.

　이렇게 시간을 마련했으면 그다음에는 꾸준히 써야 한다. 나 역시 하루에 20매 정도의 글을 쓰고자 마음먹고 그것을 실천하려고 노력한다. 일을 하며 이 정도 분량의 원고를 쓰는 것은 실천하기 매우 어렵다. 글 쓰는 것을 업으로 삼은 내게도 쉽지 않은 일이다. 매일 20매를 쓰지는 못하지만 하루도 거르지 않고 쓰겠다는 나와의 약속만은 꼭 지킨다. 적게는 200자 원고지 기준으로 1~2매 쓸 때도 있고 마감이 있으면 40~50매를 쓰기도 하는 등 들쭉날쭉하지만 매일 쓴다. 한 권 분량의 책을 내기 위해서는 이런 꾸준함이 있어야 한다. 하루에 5매, 10매, 20매씩 꾸준히 써야만 한 권의 책이 세상에 나올 수 있다.

한 권의 산문집을 내려면 일반적으로 원고지 600매에 해당하는 30~50편 정도의 글이 필요하다. 말이 30~50편이지 결코 쉽지 않은 분량이다. 이렇게 써서 언제 책 한 권 분량을 다 쓸까 막막하여 한숨만 나온다. 하지만 방법은 없다. 무조건 쓰는 수밖에 없다. 다만 이렇게 한 달만 쓰면 희망이 보인다는 것이다. 심지어 용기는 물론이고 자신감도 쑥쑥 자란다. 이를테면 하루에 200자 원고지 10매씩 한 달만 쓰면 300매나 쓸 수 있다. 일반적인 에세이집이 원고지 600매 정도면 되니까 무려 책의 절반을 한 달 만에 쓴 것이다. 원고지 10매면 A4 용지로 한 장 반 정도 되는 분량인데 많다면 많고 적당하다면 적당한 수준이다. 물론 이론상 그럴 뿐 막상 해보면 정말 어려운 일이다.

그래도 쓰고 또 쓰도록 하자. 그 수밖에 방법이 없다. 글쓰기에 익숙하지 않은 사람이라면 원고지 3~4매 정도만 써도 좋다. A4 용지로 절반 정도 되는 분량이다. 이 정도면 도전해볼 만

하다. 여러분도 충분히 할 수 있다. 이렇게만 매일 쓰면 한 달이면 120매 정도 쓸 수 있다. 한 달 만에 책 전체 분량의 20퍼센트에 해당하는 원고를 쓴 셈이다. 일단 이 정도 원고를 쓰면 어느새 희망이 보인다. 조금만 더 쓰면 책의 절반을 쓸 수 있다는 희망이 생기고, 이렇게 책의 절반을 쓰면 이제 다 쓴 것과 다름없는 기분이 들기도 한다. 그저 앉아서 쓰고, 쓰고 또 쓰면 된다. 나라고 특별한 방법이 있는 게 아니다. 나도 하루 종일 앉아 쓰고 쓰고 또 쓴다. 그러면 어느새 책 한 권 분량의 원고가 완성된다. 이 책도 그렇게 썼다.

그런 점에서 작가는 시간을 견디는 사람일지도 모른다. 글과 함께 하루하루를 보내며 견디는 것이 작가의 시간이다. 단박에 이룰 수 없는 것이 우리 삶인 것처럼 글을 쓰고 책을 내는 것도 마찬가지이다. 글을 쓰는 것이 일처럼 느껴지든 아니든, 또는 고통의 시간이든 즐거움이든 끊임없이 견뎌야 한다는 점은 같다. 매일매일 성실하게 쓰고 읽는 시간을 갖기 위해 애쓰는 것이 바로 작가이다. 매일매일 밥을 먹는 것처럼, 매일매일 숨을 쉬고, 매일매일 잠을 자는 것처럼, 그렇게 쓰는 것이 바로 작가의 삶이자 시간이다. 에세이를 써서 책을 내고자 한다면 당연히 이런 시간과 과정을 거쳐야 한다. 이 시간과 과정이 힘든 건 당연하다. 유명 작가도 마찬가지다. 그러니 이런 과정 속에 자신감을 잃거나 자신의 재능을 의심할 필요는 없다. 그냥 무조건 쓰도록 하자. 인내하며 쓰는 사람만이 출간이라는 열매를 얻을 수 있다.

쓰는 사람의
하루

쓰는 사람의 하루를 생각한다. 그것은 읽어도 읽어도 줄어들지 않는 두툼한 소설책 같기도 하고 퇴근 시간을 기다리는 직장인의 마음 같기도 한, 지루한 그 무엇이다. 물론 나는 쓰는 것을 좋아하고 글을 완성했을 때 성취감을 짜릿하게 느끼지만 마음을 잡고 성실하게 쓰는 것은 나 역시 쉬운 일이 아니다. 더구나 학교나 직장 생활을 하며 매일매일 쓰는 시간을 갖는 것은 현실적으로 어려운 일이다. 이런 가운데 글을 쓰기 위해서는 일부러 시간을 만들어 굳은 의지로 마음을 다잡아야 한다. 포기하지 않고 쓰기 위해서 스스로 규칙을 정해 쓰는 시간을 마련해야 한다. 조금만 느슨한 마음을 가져도 쓰는 시간은 나로부터 멀리 달아나 흔적도 없이 사라져버리고 만다.

쓰는 사람의 시간과 매일매일 글쓰기

그런 점에서 쓰는 사람의 시간은 스스로와 끊임없이 싸우는 시간이기도 하다. 자신과의 대결에서 이겨야 문장은 나의 것이 된다. 에세이를 열심히 쓰고자 마음먹었다면 여러분의 시간 역시 그래야 한다. 그런 시간을 견뎠을 때라야 한 권의 책이 되는 에세이를 쓸 수 있다. 그런데 왠지 이런 시간은 대단한 결심을 한 뒤라야 갖게 될 것 같다. 하지만 꼭 그렇지도 않다. 그냥 매일매일 쓰려는 작은 결심과 마음만으로도 충분히 가능한 일이기도 하다.

작가라고 하면 왠지 거창하게 하루를 보낼 것만 같지만 실상은 그렇지 않다. 쓰는 사람으로서 나의 일상은 오히려 단순한 편이다. 원고 마감이 다가와 집중해야 하는 날은 더 그렇다. 집이든 카페든 하루 종일 의자에 앉아 글을 쓰며 보낸다. 물론 강의를 해야 할 때도 있고, 저녁 약속이 있는 경우도 있지만 이런 날도 나머지 시간엔 글을 쓰며 보낸다. 그렇다고 글쓰기에만 매달리는, 무미건조한 삶을 살아야 한다는 이야기는 아니다. 일상을 영위하는 시간 이외의 대부분을 글쓰기에 할애한다는 것이 맞는 말일 것이다. 어쩌면 고단하고 재미없어 보일 수도 있는 삶이다. 하지만 전혀 그렇지 않다. 글을 쓰기 위해 책상 앞이나 카페에 앉아 있는 시간은 그 자체로 휴식이 된다. 믿기 어려울 수도 있지만 사실이다. 사실 글 쓰는 시간은 자신만을 위해 온전히 쓰는 시간이다. 학교나 직장, 집에서 이런 시간을 갖기 어렵다는 점을 생각해보면 글 쓰는 시간이 왜 행복한 휴식인지 이해될 것이나.

특별한 약속이 없으면 아침에 일어나 카페에 나가 글을 쓰기 시작해 저녁까지 내내 원고를 붙잡고 있다. 새벽에 일어나 카페에 가는 길. 아직 이른 시간이어서 출근하는 사람이 드문 길의 한가로움은 언제나 좋다. 카페까지 가는 길의 모든 것이 온전히 나의 것인 것만 같아 행복한 마음이 들기도 한다. 아침 7시. 카페 오픈 시간에 맞춰 나가 자리에 앉으면 텅 빈 공간의 아늑한 적막함이 기분 좋게 온몸을 감싼다.

나는 이른 아침에 글을 쓸 때면 주로 스타벅스에 간다. 이른 아침에 문을 여는 집 주변 카페가 그곳밖에 없기 때문이기도 하지만 넓은 공간이 만들어내는 고요함으로부터 정서적인 안정감이 느껴져 좋다. 글에 집중하다 보면 카페는 어느새 손님들로 북적이기 시작하는데, 그런 북적임이 오히려 글에 집중할 수 있게 하기에 그 또한 좋다. 소란스러운 카페의 백색소음은 누구도 침범할 수 없는 나만의 세계를 만들어주기 때문에 글에 온전히

쓰는 사람의 시간과 매일매일 글쓰기

집중할 수 있다. 그리고 카페에서의 글쓰기는 적당한 긴장감을 느끼게 하는데, 낯선 이들 사이에서 만들어지는 긴장감이 글에 집중하게 만든다.

물론 이렇게 글을 쓰는 날은 생각보다 많지 않다. 오히려 조각난 자투리 시간을 최대한 활용해 글을 쓰는 경우가 대부분이다. 강의도 해야 하고 이런저런 일과 약속 때문에 긴 시간을 온전히 글을 쓰는 데 할애하는 것이 쉽지 않기 때문이다. 하지만 일정이 많거나 마감이 급한 원고가 있을 때에는 아침 일찍 일어나 카페에 나가 글을 쓰려고 한다. 아침 일찍 카페에 나가 글을 쓰면 하루를 길게 보낼 수 있어서 마음에 여유가 생긴다. 긴 하루가 지겹게 느껴지기보다 삶에 충실한 듯한 느낌이 들어서 좋다. 쓰는 자의 삶은 거창한 것이 아니다. 그저 짧은 시간을 견디고 또 견디는, 그리고 묵묵히 쓰고 또 쓰는 것과 같은 작은 것으로부터 비롯되는 것이다.

글은 단박에 완성할 수 없는 것이기에 작게 조각난 시간까지 성실하게 자신의 것으로 만들어 써야 한다. 문장의 집합체인 글을 쓰는 것은 지루한 시간을 견디는 것이다. 한 문장 한 문장 써서 언제 한 편의 글을 완성할까 싶은 마음이 들기도 하지만 그런 시간을 견디고 나면 드디어 글이라는 집이 우리 앞에 모습을 드러낸다. 글을 쓰는 시간 역시 마찬가지다. 작게 조각난 시간이 쓸모없어 보이지만 그 쓸모없음이야말로 문장과 글의 전부일지도 모른다.

때문에 세 시간 이상 시간이 생기면 될 수 있으면 카페에 나가 글을 쓰려고 한다. 글을 쓰기 위해서 제일 중요한 것은 이렇게 물리적인 시간을 갖는 것이다. 특히 글을 쓰려면 워밍업 할 시간이 필요하기 때문에 세 시간 이상 시간을 확보하는 것이 중요하다. 무슨 일이든 워밍업이 필요한 법이다. 아침에 일어나 곧바로 다른 일을 시작할 수 없는 것처럼 글을 쓰기 위해서도 워밍업이 필요하다. 실제로 나가 있는 세 시간 중에서 집중해서 글을 쓰는 시간은 한 시간 정도인 듯싶다. 대부분의 작가들처럼 나 역시 지나가는 사람들을 바라보기도 하고 웹서핑을 하거나 아무 생각 없이 멍하게 앉아 있기도 한다. 그중에서도 웹서핑을 하는 시간이 제일 많은데, 글쓰기의 최대 적이 인터넷이라는 말이 괜히 나온 말은 아닌 듯싶다. 하지만 그런 시간 자체가 소중하기도 하거니와 워밍업 이후라야 글이 나오는 것을 알기에 오히려 즐긴다. 한번 글쓰기에 탄력을 받게 되면 집중하여 쓸 수 있기 때문에 워밍업 이후의 시간 대부분을 글에 몰두할 수 있게 된다.

이렇게 글을 쓰는 모습을 보고 사람들은 내게 성실하다고 이야기한다. 하지만 성실함만으로 하루도 거르지 않고 글을 쓸 수는 없을 것이다. 성실도 필요하지만 쓰는 것을 일이라고 생각하지 않아야 가능하다. 나는 이런 시간을 보내는 매일의 날들이 신나고 즐겁다. 내게 쓰고 읽는 시간은 일이 아니라 행복한 휴식 그 자체이다. 누구의 눈치도 보지 않고 읽고 싶은 책을 마음껏 읽고 쓰고 싶은 글을 쓰는 것만큼 행복한 일이 있을까 싶다. 그런 마음이기에 여러 어려움 속에서도 글쓰기를 멈추지 않을 수 있었다고 생각한다. 그런 점에서 내 삶은 생계의 불안함 속에서도 불행의 나락으로 떨어지지 않은 것이리라. 대학 강사로 길 위의 삶을 사는 등 불안정한 생활을 이어가고 있다. 누군들 삶의 고단함으로부터 완전히 벗어날 수 있으랴. 그런 가운데 쓰는 삶을 살 수 있다는 것만으로도 커다란 행운이자 축복일 것이다.

그럼에도 불구하고 흩어져 달아날 것만 같은 시간과 불안정한 삶을 생각하면 애달픈 마음이 드는 것이 사실이다. 하지만 그것이 내 삶이고 그 삶으로부터 도망가고 싶지 않다. 오히려 오래도록 바라던 삶을 살게 되어 큰 행운이라고 생각한다. 새벽에 일어나 글을 쓰러 나가는 길의 한적함을 떠올린다. 그리고 어둠이 몰려오는 저물녘의 고요함과 한낮의 날 선 햇살 속의 먹먹함을 생각한다. 조각난 시간은 흩어진 문장처럼 마음을 분주하게 하지만 그것을 내 안에 담기 위해 애쓰는 순간을 생각한다. 이 모든 일상을 견디며 쓰는 자의 하루와 써야 하는 앞으로의 시간들을 생각한다. 쓰는 자의 시간……. 어쩌면 쓰는 시간이야말로 작가로서의 내 삶이며 문학 그 자체일지도 모를 일이다. 당신의 시간은 어떤 모습인가? 쓰는 시간 위에 하루를 온전히 바치는 사람의 시간은 또 어떤 모습인가? 물론 에세이를 쓰고자 마음먹었다고 모두가 이런 삶을 살 필요는 없을 것이다. 하지만 꾸준하게 쓰는 시간을 갖는 것은 누구에게나 필요한 덕목이다.

쓰는 사람의 시간과 매일매일 글쓰기

쓰는 사람의
공간

작가들은 저마다 글을 쓰는 나름의 장소를 갖고 있다. 어떤 작가는 개인 작업실을 마련하여 쓰기도 하지만 집이 아니면 글이 나오지 않는 작가도 있다. 그리고 조용한 도서관을 즐겨 찾는 작가가 있기도 하고 레지던시 프로그램에서 제공하는 공간에 입주하여 글을 쓰는 작가도 있다. 그런데 조금 특이한 공간에서 글을 쓰는 작가들도 있다. 선뜻 상상이 안 가겠지만 창문 하나 없는 고시원에서 글을 쓰는 작가가 있는가 하면 수험생처럼 독서실 정기권을 끊고 쓰는 작가도 있다. 기이하게 느껴지는 공간이지만 나름의 이유는 있기 마련이다. 공간은 작가의 심리에 영향을 미치기도 하고 작품의 분위기를 형성하는 데에도 적지 않은 역할을 한다. 독서실에서 공부하듯 쓰게 되면 아무래도 작가의 마음가짐도 작품도 달라질 수밖에 없을 것이란 생각이 든다.

창문 하나 없는 고시원에서 글을 쓰면 뭔가 어둡고 쓸쓸하고 그런 분위기가 나타날지도 모르겠다. 이처럼 작가들은 다양한 자신만의 공간에서 오늘도 쓰고 또 쓴다. 하지만 작가들이 가장 선호하는 글쓰기 공간은 단연 카페다.

글을 쓰기에 어느 공간이 특별히 좋다고 단정할 수는 없다. 그저 각자의 취향에 맞춰 선택하면 그만이다. 다만 어느 곳이든 생활과 거리를 둘 수 있는 곳이어야 한다. 집에서 글을 쓸 때 집중하기 힘든 건 생활과 분리되지 않았기 때문이다. 내 경우는 엉덩이만 붙이고 앉을 수만 있다면 (심지어 서서 쓰는 경우도 있다) 어느 곳이든 상관없이 쓰는 편이지만 아무래도 주된 작업 공간은 카페이다. 넓고 쾌적하기만 하다면 어느 카페라도 좋다. 주로 집에서 가까운 곳엘 가지만 그래도 가끔은 꽤 먼 곳까지 가서 글을 쓰기도 한다. 한강변에 있는 카페나 국립현대미술관 과천관에 있는 '라운지 디', 춘천 MBC에 있는 '그 다방'(그런데 여기는 카페 이름을 왜 이렇게 바꿨을까? 이전 이름인 '알.뮤트1917'이 훨씬 좋다)이나 춘천 상상마당의 '댄싱 카페인'까지 다녀오곤 한다(물론 자주 가지는 못한다). 하지만 글이 제일 잘 써지는 곳은 앞서 말했듯, 소란스럽기 그지없는 스타벅스다.

사람들은 조용한 북카페가 글쓰기에 더 좋으리라고 생각하는 경우가 많은 것 같다. 소란스러운 곳에서 어떻게 글을 쓰냐며 의아해하는 사람들도 많다. 하지만 실제로 경험해보면 조용한 곳보다 소란스러운 카페에서 글을 쓸 때 더 집중해서 글을 쓸 수 있다. 이것은 공부할 때도 마찬가지다. 카페에서 공부하면 정말로 집중하여 시간을 보낼 수 있다. 시끄러운 카페에서 공부하는 것을 허세라고 생각하는 사람도 있지만 사람들을 이상하게 볼 필요도 없다. 물론 개인마다 차이가 있기 때문에 조용한 카페에서 집중해서 쓸 수 있는 사람도 있겠지만 시끄러운 카페가 의외로 집중력 있게 글을 쓸 수 있다는 말도 맞다. 다만 자영업자에게 민폐가 되는 행동은 자제해야 할 것이다. 커피 한 잔시키고 하루 종일 4인 테이블을 차지하고 있는 건 민폐다. 적당히 눈치껏 융통성 있게 행동해야 하리라.

나 역시 조용한 카페보다 사람으로 북적이는 넓은 카페에서 작업이 잘 된다. 심지어 원고지 1,200매에 이르는 박사학위 논문을 4개월 만에 카페에서 완성하기도 했다. 시끄러운 카페에서 오히려 집중력이 생기는 이유는 '백색소음' 때문이다. 넓은 공간의 북적임은 소리의 형체가 없는 웅성거림으로 들리기 마련인데, 그런 소란스러움이 백색소음 효과를 낸다. 도서관에서 일부러 틀어주는 백색소음을 떠올리면 된다. 오히려 북카페의 조용함이 집중할 수 없는 분위기를 만든다. 조용한 카페는 옆자리의 작은 소리까지 의미가 선명하게 전달되기 때문에 오히려 산만해진다. 글을 쓰다가 정신을 차리고 보면 옆자리 사람들의 이야기를 듣고 있는 나를 발견하곤 한다. 내가 스타벅스처럼 시끄러운 곳에서 글 쓰는 것을 좋아하는 이유는 또 있다. 그곳에서 이른 아침의 한가로움을 느낄 수 있기 때문이다. 이른 아침의 스타벅스는 북카페의 고요함과는 다른 여유로운 평화가 느껴진다. 거기에 더하여 아침 일찍 문을 여는 집 근처 카페가 그곳뿐이기 때문에 현실적으로 선택의 여지가 없기도 하다. 글을 쓰고 읽고 앉아 있는 시간과 공간. 글을 쓰는 것은 그런 시간과 공간을 견디고 또 견디는 것이다. 하지만 시간이 부족하면 글을 쓰러 카페에 나갈 수가 없다. 따라서 글 쓰는 공간을 만드는 것은 결국 시간일지도 모른다.

그러나 카페에 나갈 수 없다고 쓰지 않을 수는 없는 일. 때문에 이제는 장소를 가리지 않고 아무 곳에서나 글을 쓴다. 자투리 시간을 활용해 쓰는 경우도 많기 때문에 공간에 빨리빨리 적응하여 써야만 한다. 집에서 글을 쓸 때는 서재에서 쓰는 경우도 있지만 그날의 기분에 따라 식탁에서 쓸 때도 있고 거실

쓰는 사람의 시간과 매일매일 글쓰기

구석에 작은 상을 펼쳐놓고 쓸 때도 있다. 집 밖에서 쓸 때에도 장소를 가리지 않는다. 심지어 강의와 강의 사이 20~30분 동안 대학 강의실 전자교탁 컴퓨터로 쓰기도 한다. 어떤 때에는 공항 환승터미널 라운지나 벤치에서 쓰는 경우도 있다.

공간은 우리의 삶에 많은 영향을 미친다. 단순히 기분을 달라지게 하는 정도가 아니라 생각이나 감각을 변화시킨다. 당연히 글쓰기에도 많은 영향을 미친다. 공간이 글의 분위기와 감각을 다른 방향으로 안내하며 새롭고 낯선 세계를 만들어내기도 한다. 따라서 글 쓰는 공간은 물리적인 영역만을 의미하지 않는다. 그것은 어느새 우리의 감각을 확장하며 우리를 새로운 세계로 안내한다. 내가 미술관에 가는 것을 즐기는 이유 중 하나도 이런 공간감이 주는 감각 때문이다. 글을 쓴다는 것을 쓰는 행위 자체만으로 한정 짓지 말자. 글은 여러 가지의 미적 경험과 사유와 감각이 겹쳐 나타나는 결과물이다.

여러분은 어디에서 글을 쓰는가? 카페에서? 도서관에서? 글을 쓰는 공간은 어디든 상관없다. 생활을 분리시켜 글에 집중할 수 있다면 말이다. 글을 쓴다는 것은 단순히 글자와 문장을 적는 행위가 아니다. 그것은 모든 감각과 사유를 풀어놓는 일이다. 글을 쓰는 공간, 그것 자체로 하나의 감각일 수 있음을 잊지 말자. 카페나 도서관이 아니어도 좋다. 여행지 숙소의 책상 위에서도 좋고 저녁밥을 물리고 난 이후에 식탁에서 써도 좋다. 글쓰는 공간을 갖는다는 것은 글을 쓰고자 마음먹는 일 자체이기도 하다. 글이 작가의 사유에서 온다고만 생각하지 말자. 글은 감각으로부터 오는 것이기도 하고 의식 너머 무의식으로부터 비롯되기도 한다. 공간은 그런 감각과 무의식에 영향을 주며 어느새 하나의 글을 만들어낸다. 여러분의 글 쓰는 공간은 어디인가? 그리하여 여러분의 글은 어떤 감각을 보여주려 하는가?

쓰는 사람의 시간과 매일매일 글쓰기

SNS를 워드 프로세서로
사용해도 좋아요

요즘은 대부분 컴퓨터를 이용하여 글을 쓴다. 김훈 소설가처럼 연필 같은 필기구를 사용하는 사람이 없진 않지만 컴퓨터로 쓰는 것이 대세다. 이때 '한글'이나 'MS-워드' 같은 워드 프로세서를 사용한다. 글을 쓸 수 있는 도구가 워드 프로세서만 있는 것이 아닌데도 그렇다. 워드 프로세서와 글쓰기가 원래부터 한 몸이 아니었을까 생각될 정도다. 물론 글쓰기에 최적화된 만큼 편리하게 사용할 수 있기 때문에 워드 프로세서를 사용하는 모습이 이상할 건 없다. 다만 워드 프로세서로 글을 쓰는 것이 가장 효율적인지는 의문이다. 하지만 대부분의 사람들은 습관처럼 책상에 앉아 컴퓨터를 켜고 워드 프로세서로 글을 쓴다. 워드 프로세서 없이 글 쓰는 건 있을 수 없는 일이라고 생각하는 것만 같다.

그런데 생각해보면 우리는 이미 '한글'이나 'MS-워드'와 같은 워드 프로세서 이외에 다양한 도구를 이용해 글을 쓰고 있다. 인터넷 사이트 게시판이나 블로그에 접속하여 전용 글쓰기 툴을 이용해 글을 쓰고 있으며 문자와 카카오톡 역시 각각의 프로그램에 직접 글을 입력한다. '한글'이나 'MS-워드' 등으로 글을 먼저 쓴 뒤에 옮기는 경우는 드물다. SNS에 글을 올리는 경우도 마찬가지다. 페이스북이나 인스타그램에 글을 쓸 때 해당 사이트에 접속하여 글쓰기 창에 직접 글을 쓴 뒤 바로 업로드한다. 그럼에도 불구하고 에세이 같은 글을 쓸 때면 컴퓨터 앞에 각 잡고 앉아 '한글'이나 'MS-워드' 같은 워드 프로세서를 먼저 켠다. '글쓰기=컴퓨터 워드 프로세서'가 공식처럼 굳어졌다.

그런데 '한글'이나 'MS-워드' 이외의 도구를 이용할 때 오히려 수월하게 글을 쓸 수 있는 경우도 많다. 그뿐만 아니라 '한글'이나 'MS-워드'로 쓸 때보다 더 손쉽게 분량을 채울 수 있기도 하다. 내 경우에도 휴대전화로 접속한 페이스북 창에 직접 입력하면 글도 수월하게 나올 뿐만 아니라 많은 분량의 글을 쉽게 쓸 수 있다. 페이스북에 직접 글을 쓸 때는 아무래도 마음의 부담이 덜하기 때문에 글이 쉽게 나오는 듯싶다.

쓰는 사람의 시간과 매일매일 글쓰기

특히 '브런치스토리'의 경우는 글쓰기에 최적화된 사이트라는 점에서 무척 편리하다. 글도 쉽게 풀릴 뿐만 아니라 세련된 디자인 덕분인지 글 쓸 때의 느낌도 무척 좋다. '브런치스토리'가 가지고 있는 이런 특징은 글에 대한 감각에도 긍정적인영향을 미친다. 세련된 디자인이 마치 잡지를 편집하는 느낌을준다. 내게 '브런치스토리'는 에세이를 쓸 때 더 효과적인 글쓰기 도구가 된다. 그렇다고 '한글'이나 'MS-워드' 같은 워드 프로세서를 사용하지 말자는 건 아니다. 개인마다 취향이 다르기 때문에 어떤 글쓰기 도구가 더 효과적인지 단언할 수는 없다. 글쓰기 도구에 대한 고정관념을 버릴 때 의외의 결과를 얻을 수있다는 거다.

'브런치스토리' 작가에 도전하세요

인터넷 플랫폼을 이용한 글쓰기 중에서 내가 가장 유용하게 사용하는 것은 인터넷 포털 'DAUM'에서 서비스하는 '브런치스토리'이다. 각각의 원고를 출판할 책처럼 올릴 수 있고 브런치스토리를 통해 출판 계약을 맺을 수도 있다. 브런치스토리는 론칭할 때 이미 글쓰기 플랫폼을 표방했던 만큼 글 쓰고 발표하고 출판하는 데 최적화된 사이트이다. 특히 브런치스토리는 에세이에 특화된 글쓰기 플랫폼이다. 실제로 브런치스토리에 올라오는 글의 대부분은 에세이다. 이외에 실용적 성격의 글도 많다. 시, 소설, 동시, 동화 같은 문학 장르의 글쓰기나 공연과 상영을 전제로 한 희곡, 시나리오는 브런치스토리에 연재하기 적합한 장르가 아니다. 물론 이러한 장르를 브런치스토리에 연재하지 못할 이유는 없지만 브런치스토리의 특성과 맞지 않기도 하거니와 브런치스토리 독자가 원하는 방향과 다르다.

　　브런치스토리에는 다양한 성격의 에세이가 업로드된다. 우리가 흔히 떠올리는 경수필(미셀러니)은 물론이고 중수필(에세이)도 많다. 인문, 교양 분야도 에세이의 범주에 들어간다는 사실을 잊지 말아야 한다. 심리, 역사, 의학, 과학, 예술 등 전문 분야의 글도 마찬가지다. 전문 분야를 다루기 때문에 에세이가 아니라고 생각하는 경우가 있지만 얼마든지 에세이의 형식으로 쓸 수 있다. 칼럼, 시사 등의 글도 마찬가지다. 다만 경제, 경영, 부동산, 세무, 법률 등 실용 정보를 다룬 글은 에세이와 달리 정보를 기반으로 쓰기 때문에 다르다. 하지만 이런 경우도 에세이의 형식을 가져와 쓸 수 있다. 에세이를 쓰고자 하는 사람이라면 브런치스토리를 눈여겨보도록 하자.

　　그러면 브런치스토리는 글쓰기를 위해 만들어진 유일무이한 도구일까? 결론부터 말하자면 당연히 그렇지 않다. 브런치스토리 역시 블로그의 하나이기 때문에 기본적인 특성은 블로그와 비슷하다. 다른 블로그를 이용하는 것이나 브런치스토리를 이용하는 것이나 본질적으로 다른 것은 없다. 하지만 글쓰기를 표방하고 있는 만큼 글쓰기에 좀 더 편리하고 적합한 도구이자 매체인 것은 분명하다. 본문 디자인을 세련되게 편집할 수 있기 때문에 전문 웹디자이너가 만든 웹페이지나 종이책, 잡지를 보는 듯한 느낌이 든다. 이런 디자인 요소는 단순히 멋지고 예쁘기만 한 것이 아니라 글을 쓸 때의 감각을 새롭게 하는데 도움이 된다. 브런치스토리 같은 플랫폼을 쓰는 것만으로 문장력이 좋아지는 건 아니지만 좋은 감각을 통해 내 안에 있는 숨은 글쓰기 능력을 끄집어낼 수 있다. 더구나 브런치스토리에서 쓰고 바로 맞춤법 검사까지 할 수 있기 때문에 편리하다.

서체나 기능은 당연히 '한글'이나 'MS-워드' 같은 일반 워드 프로세서가 비교할 수 없을 정도로 좋지만 브런치 글쓰기 도구가 주는 색다른 감각을 적극적으로 이용해보자. 내가 쓴 책 중에 산문집 『보통의 식탁』이 브런치스토리를 이용해서 쓴 것이다. 『보통의 식탁』은 브런치스토리에 연재하던 에세이를 묶은 것인데 '한글'이나 'MS-워드' 같은 워드 프로세서를 아예 이용하지 않고 처음부터 오로지 브런치스토리 글쓰기 도구만으로 썼다. 이 책을 쓰면서 느낀 한 가지 특이한 점은 '한글'이나 'MS-워드'로 썼을 때보다 글의 분량을 채우기 훨씬 수월했다는 점이다. 브런치 글쓰기 도구 자체의 편의성 때문이 아니라 글쓰기의 다른 감각이 상상력과 문장을 자극했던 것 같다.

쓰는 사람의 시간과 매일매일 글쓰기

브런치스토리는 좋은 출판사에서 책을 낼 수 있는 기회가 되기도 한다. 브런치스토리는 유명 출판사와 협업하여 브런치북 공모전을 주최하는데 여기에 뽑히면 브런치스토리에 연재한 글을 출판할 수 있다. 유명 작가가 아니어도 얼마든지 문학동네, 민음사, 21세기북스, 웅진지식하우스 같은 곳에서 책을 낼 수 있다. 그뿐만 아니라 상금에 인세까지 받을 수 있는데 응모하는 것도 어렵지 않다. 열 편 이상의 글을 모아 브런치스토리에서 지정한 형식으로 브런치북을 만든 후 응모하기 버튼만 누르면 된다. 내 강의를 수강했던 분 중에도 브런치북 공모전 대상 수상자가 있는데, 평범한 직장인이었던 분이 작가로 맹활약 중이다. 책을 낸다고 삶이 드라마틱하게 바뀌는 것은 아니지만 이전과 다른 삶을 경험할 수 있는 건 분명하다. 그것만으로도 책을 내는 의미는 충분하다. 물론 경우에 따라 유명세를 얻을 수도 있고 베스트셀러 작가가 되어 돈을 많이 벌 수도 있지만 그것이 아니어도 얻을 수 있는 것은 많다.

그리고 브런치북 공모전이 아니더라도 브런치스토리는 출판사와 연결될 수 있는 좋은 통로다. 예비 저자들이 이런저런 출판사에 출간제안서를 보내는 것 이상으로 출판사 역시 좋은 저자를 찾고자 인터넷을 뒤지고 또 뒤진다. 브런치스토리에 연재되는 글도 당연히 본다. 출판을 염두에 둔 사이트인 만큼 다른 사이트보다 더 꼼꼼하게 살펴보는 편이다. 심지어 브런치스토리는 '작가에게 제안하기'도 가능하다. 그런 만큼 글만 좋다면 브런치스토리에 올린 글은 언세든 책이 될 수 있다. 실제로 '요기니'인 동료 작가는 요가와 관련된 글을 브런치스토리에 연재한 지 며칠 되지 않아 대형 출판사로부터 출간 제의를 받아 책을 출간했다.

하지만 브런치스토리에 항상 출간을 염두에 두고 접근할 필요는 없다. 책을 내는 데 유용한 사이트인 건 맞지만 그것이 언제나 종이책 출간으로 이어져야만 의미를 갖는 건 아니기 때문이다. 책을 내지 않고 브런치스토리에 연재하는 것만으로도 얻는 것이 많다. 브런치스토리 역시 글을 발표하는 매체이기 때문에 그것만으로도 재미있는 글쓰기와 독자와의 소통이 가능하다. 종이책을 내야만 진짜 작가라는 생각도 진부하다. 그냥 브런치스토리에 글을 올리는 것을 즐기는 것만으로도 충분히 즐겁고 의미 있다. 그런 가운데 출판사로부터 출간 제의를 받을 수도 있지만 아니어도 괜찮다.

일단 브런치스토리에 글을 쓰고 그것을 하나의 주제와 소재로 묶어 책의 형태인 브런치북으로 만들어보자. 그 자체로 근사한 한 권의 책을 만들 수 있다. 다만 넘어야 할 산이 하나 있다. 본인이 쓴 글 몇 편과 함께 브런치 작가 신청을 해서 통과가 되어야 한다는 거다. 인터넷 블로그 하나 개설하는 데 이렇게까지 해야 하나 싶기도 하지만 DAUM의 심사를 받아야 한다. 더구나 손쉽게 통과될 것만 같은 브런치스토리 작가에 떨어지는 경우도 많다. 몇 차례나 반려되어 실망한 사람도 여럿 봤다. 쉬운 듯하면서도 쉽지만은 않은 게 브런치스토리 작가 등록이다. 그렇다고 크게 걱정할 필요는 없다. 이 책만 잘 읽어도 단번에 브런치스토리 작가가 될 수 있다.

예술이라는
근육

제주에는 바다와 함께 내 마음의 첫 자리를 차지한 특별한 곳들이 있다. 건축가 이타미 준과 안도 다다오의 작품이 바로 그곳이다. 방주교회, 수풍석 뮤지엄, 포도호텔 등은 재일교포 건축가인 이타미 준의 작품이고, 본태박물관, 글라스하우스, 유민미술관 등은 안도 다다오의 작품이다. 두 사람의 작품은 서로 다른 결을 가지고 있지만 특별한 공간감과 아름다움을 통해 우리의 미적 감각을 자극한다. 이들이 설계한 공간에 들어서면 다채로운 예술적 감각이 온몸을 휘감는다. 공간이 주는 미적 충만함이 오감을 자극하며 내 앞에 또 다른 세계를 펼쳐놓는 것만 같다.

그러나 모든 건축물에서 이런 감각을 느낄 수 있는 건 아니다. 많은 돈을 들이는 것만으로 우리 마음에 파장을 일으키는 공간을 만들 수는 없다. 단순히 구획된 공간만으로 나뉜 구조물은 좋은 건축물이 아니다. 미적 공간으로서의 건축물은 다양한 예술과 철학의 결과물이라는 총체성을 지닌다. 건축가는 기능적 측면에 대한 이해와 함께 다채로운 심미적 관점을 지녀야 하는 존재이다. 건축은 한 편의 시와 소설이며 때로는 음악과 그림, 사진과 영화이기도 하다. 제주에서 만날 수 있는 이타미 준과 안도 다다오의 여러 건축물은 그런 점에서 무척 의미 있는 공간이다.

이타미 준의 방주교회와 수풍석 뮤지엄을 느끼며 걷는 시간의 압도적인 미적 체험은 그 자체로 한 편의 작품이 된다. 그리고 포도호텔에서 커피를 마시는 오후의 한가로움 역시 단편적인 시간이나 공간만으로는 설명할 수 없는 감흥을 전달한다. 안도 다다오의 작품 역시 마찬가지이다. 우리에게 노출 콘크리트 기법으로 널리 알려진 그의 작품은 이타미 준의 작품과는 결이 다른 감동을 준다. 건축물 자체가 작품인 본태박물관도 좋고 글라스하우스와 유민미술관의 절제된 선의 감각도 좋다. 미적 감각으로 가득한 이들 공간은 그것을 바라보는 것만으로도 많은 것들을 느끼게 한다.

몇 해 전, 안도 다다오의 삶과 작품을 다룬 다큐멘터리 영화 〈안도 다다오〉를 본 적이 있다. 영화에서 안도 다다오는 미술, 음악, 문학 등 예술 작품을 열심히 감상할 것을 권하며 '예술이라는 근육'을 키워야 한다고 밀한다. 우리가 흔히 알고 있는 것과 다르지 않은 말이었지만, 나는 안도 다다오의 말에 크게 공감했다. 안도 다다오의 작품은 기능적인 측면 이외에 우리를 감동시키는 것들로 가득하다. 안도 다다오의 작품이 우리에게 특별한 감흥을 불러일으키는 것은 그의 건축물에 수많은 예술이 깃들어 있기 때문이다. 그가 단순히 건물을 설계하는 기술만 가지고 있었다면 그것은 가능하지 않은 일이었을 터다. 그의 말대로 '예술이라는 근육'이 있어야 가능한 일이다.

각각의 예술은 서로 영향을 주고받으며 총체적 세계를 만든다. 하나의 재주만 믿고 노력하지 않는 사람은 좋은 예술가가 될 수 없다. 작가도 마찬가지다. 알량한 글솜씨 하나만 믿고 쓰는 사람은 오래가지 못한다. 깊이가 없는 기술로 독자들을 잠깐 속일 수 있을지는 몰라도 빼어난 감각과 깊이 있는 사유를 담아낼 수 없다. 작가가 만들어내는 세계는 아무렇게나 재현된 것이 아니다. 그것은 미적 구조 속에 특별하게 조직된 세계이다. 이러한 미적 세계는 다양한 예술이 복합적으로 작용하여 형성되었

쓰는 사람의 시간과 매일매일 글쓰기

을 때 가능한 일이다. 안도 다다오가 '예술이라는 근육'을 강조
한 것은 바로 이런 이유에서이다.

　영화 〈안도 다다오〉를 보고 나서 그의 작품을 떠올린다. 그
리고 그의 대표작 〈빛의 교회〉를 생각한다. 〈빛의 교회〉는 벽이
곧 십자가이자 빛이 될 수 있도록 지은 일본의 교회이다. 벽의
빈 공간으로 빛이 쏟아져 들어오고, 빛은 그 자체로 십자가가 된
다. 그야말로 '빛의 교회' 그 자체이다. 벽을 뚫어 만든 '빛'의 십
자가는 교회의 내부와 외부를 연결하며 형언하기 힘든 신비를
자아낸다. 안도 다다오의 〈빛의 교회〉를 처음 보았을 때, 그것은
놀라움 그 자체였다. 벽면이 십자가가 되어 빛을 만들어내는 모
습은 벽이라는 단순한 물성을 넘어서는, 경이로운 광경이었다.
〈빛의 교회〉를 상상해낸 안도 다다오의 미적 감각에 저절로 탄
성이 흘러나왔다. 아마도 안도 다다오 본인이 강조했던, '예술
이라는 근육'을 키웠기에 가능한 일이었을 것이다. 예술의 힘은
이토록 놀라운 것이다.

　그러면 과연 어떻게 '예술이라는 근육'을 키울 수 있을까?
왠지 특별한 예술 교육을 받아야 할 것 같은 느낌이 들기도 한
다. 그러나 전혀 그렇지 않다. 그저 다양한 예술에 관심을 기울

이는 것으로 충분하다. 좋은 영화를 보고 음악을 듣고, 괜찮은 전시회나 공연이 있으면 미술관이나 공연장에 가서 작품을 감상하도록 하자. 평론가들처럼 작품을 분석하는 것도 나쁘진 않겠지만 굳이 그럴 필요도 없다. 그저 마음에 와닿는 대로 느끼면 그만이다. 그뿐만 아니라 홍대 거리나 대학로 같은 거리를 걷거나 여행을 떠나는 것도 좋은 방법이다. 이 정도만으로 '예술이라는 근육'이 생길지 의문이 드는 사람도 있겠지만 정말 이것만으로도 충분하다. 예술을 가까이하는 것에 대해 너무 거창하게 생각하지 말자. 그냥 예술에 대한 작은 관심을 기울이고 즐긴다고 생각하면 될 문제다.

그런데 문제는 미술관이나 공연장, 예술영화 상영관 등에 가는 것이 생각만큼 쉬운 일이 아니라는 거다. 딱히 어려울 것 없는, 간단하고 쉬운 일이지만 실제로 행동에 옮기는 사람은 생각보다 많지 않다. 대체 왜 그런 것일까? 광화문을 걷다가 불쑥 국립현대미술관 서울관이나 서울시립미술관엘 갈 수도 있고, 강남에 사는 사람이라면 저녁밥을 먹고 '예술의 전당'을 산책할 수도 있다. 심지어 예술과 거리가 먼 것처럼 느껴지는 사당역 지척에도 서울시립남서울미술관이 있다. 발걸음을 왼쪽이나 오른쪽으로 틀어 몇 걸음만 옮기면 되는데 그게 그렇게 쉽지 않

쓰는 사람의 시간과 매일매일 글쓰기

다. 영화에 대한 취향 역시 사정은 비슷하다. 많은 사람들이 영화관을 찾지만 예술영화 상영관에 가는 사람은 많지 않다. 예술영화 전용관에서 상영하는 영화가 더 좋다거나 그런 영화를 보는 사람의 수준이 더 높다는 이야기를 하고자 하는 것이 아니다. 영화에 대한 편향성이 문제라는 말이다. 이런 현상 역시 '예술이라는 근육'이 부족해서 그렇다. 대중적인 작품과 다른 지점에 놓인 영화를 받아들일 훈련이 되어 있지 않기 때문이다.

물론 미술관이나 공연장 등에 가는 것에만 기대지 말고 일상 속에서도 예술 근육을 키우기 위해 노력해야 한다. 특별하거나 거창한 방법이 아니기 때문에 조금만 신경 쓴다면 얼마든지 예술적 감각을 자신의 것으로 만들 수 있다. '생활'이라는 일상과 다른 공간에 가보도록 하자. '생활'과 분리될 수 있는 공간이라면 어디든 좋다. 세련된 카페나 바에 가도 좋고 문화를 느낄 수 있는 거리나 공원을 걷는 것만으로도 충분하다. 감각적인 공간에 가는 것만으로도 예술적인 감각을 자신의 것으로 만들 수 있다. 나 역시 감각적이고 독특한 카페나 술집에도 자주 가고 홍대 앞이나 대학로, 서촌, 북촌 등의 거리를 산책하길 즐긴다. 이런 곳을 걷는 것만으로도 미적 감각은 충만해진다.

예술이라는 근육. 안도 다다오의 이 말은 예술가라면 특별히 마음에 담고 실천해야 하는 중요한 덕목이다. 글을 쓰는 작가도 그렇다. 앞에서도 언급했듯이 작가나 예술가가 되는 것은 단순히 글을 잘 쓰거나, 그림을 잘 그리거나, 악기만 잘 다뤄서는 안 된다. 세계를 바라보는 눈의 엄정함, 사유의 깊이에 더하여 미적 감각으로 충만한 존재여야 한다. 글을 잘 쓰기 위해서는 글쓰기 연습을 열심히 하고 책을 많이 읽어야 하는 것 이상으로 미적 감각을 계발하고 유지해야 한다. 글은 언어로 구축된 건축물이다. 이때 작가의 언어는 일상어를 뛰어넘는 지점을 갖춰야 한다. 언어적 감각이나 구조, 아름다움, 사유, 세계 인식 등을 체계화하지 못한 글이어선 안 된다. 단편적인 의미나 생각, 주장만 전달해서도 곤란하다. '예술이라는 근육'을 통할 때라야 우리의 글은 더 넓고 깊은 감각의 세계를 향해 나아갈 수 있다.

5

작가가 되기 위한 나만의 책 쓰기

쓰는 사람이라면
이미 작가입니다

아직도 많은 사람들이 특별한 과정을 거쳐야만 작가가 될 수 있다고 생각한다. 신춘문예 같은 공모전에 당선되어야 진짜 작가라고 생각하는 사람도 있다. 그런데 이런 등단 과정을 거쳐야만 작가가 될 수 있는 것일까? 작가가 되기 위해서, 글을 쓰기 위해서는 등단을 해야만 하는 것일까? 뭔가 불합리하고 이상하다는 생각이 든다. 그런 점에서 등단 제도의 문제점뿐만 아니라 등단 제도 자체도 다시 한번 생각해볼 필요가 있다. 최근 등단 제도에 대한 문제를 제기하는 움직임이 확산되기 시작했다. 등단에 대해 회의적인 생각을 갖는 것을 넘어 등단 제도의 문제점을 지적하고 더 자율적이고 나은 방향으로 나아가려는 움직임이 있다.

생각해보면 글쓰기라는 것이 누구의 인정과 승인을 받아야 한다는 것은 이상한 일이 아닐 수 없다. 에세이 분야는 더욱 그렇다. 자신의 생각을 밝히거나 이야기를 하는 데 등단이라는 제도를 꼭 거쳐야 할 이유는 전혀 없다. 물론 일정 수준 이상의 작품성을 담보하고 검증하기 위해 필요한 제도라고 항변할 수 있지만 글에 대한 의식과 환경이 달라진 상황에서 과거의 제도를 그대로 유지하고 따를 필요는 없다. 요즘 사람들이 쓰고 싶어 하는 글은 시나 소설 같은 문학 분야만으로 한정되지 않는다. 여러 종류의 글쓰기에 폭넓은 관심을 기울이는데 그중에서 에세이가 대세다. 쓰고 싶은 글의 장르가 다양한 만큼 어떤 방법으로 어떤 종류의 글을 쓰든 그건 아무런 문제가 되지 않는다. 글을 발표하는 매체 역시 꼭 종이책일 필요도 없다. 글을 쓰는 환경이 바뀐 만큼 글을 발표할 수 있는 매체 역시 다양해졌다. 결국 어떤 경로를 거친다거나 어느 매체에 발표하는가보다 얼마나 좋은 글을 쓰느냐가 중요하다.

또한 글을 쓸 수 있는 매체도 다양해지고 글을 발표하는 양상도 변한 시점에 등단한 작가만이 작가의 지위를 갖는 것은 이상한 일이다. 등단 제도를 유지해야 한다면 이외의 방식으로 글을 쓰는 사람들도 인정해줘야 한다. 누구나 쉽게 글을 쓸 수

있다는 점에서 수준이 안 되는 작가가 나올 수 있다는 우려를
하는 경우도 있지만, 그렇다고 모든 글쓰기 분야를 등단 작가와
등단 작가가 아닌 경우로 구분할 필요는 없다. 여러분이 에세이
를 열심히 쓴다면 그것으로 이미 삭가다.

불과 얼마 전까지만 하더라도 글을 쓸 수 있는 사람은 시
인이나 소설가 같은 작가나 교수, 기자 같은 특정 직업군이라
고 생각하는 경우가 많았다. 하지만 이제는 누구나 글을 쓸 수
있는 시대다. 시행착오도 있겠지만 누군가가 작가로서의 몫을
해낼 수 있느냐 없느냐는 시간이 흐르면서 자연스럽게 판가름
날 것이다. 설령 몇몇 문제가 발생한다고 하더라도 등단 제도
만으로 작가가 되는 길을 한정 짓는 것은 합리적이지 않다. 등
단 제도가 가지고 있는 장점도 있지만 그것만 고집할 필요는 없
다. 등단 제도가 아니더라도 글을 쓰고 발표할 수 있는 길은 열
려 있어야 한다. 언제까지 등단 제도와 등단 작가라는 울타리
안에만 머물 것인가. 더군다나 에세이는 기존 등단 제도의 효용
성이 별로 없는 장르다.

인터넷 매체에 쓰는 글쓰기도 어떻게 쓰느냐에 따라 종이
책 이상의 의미를 지닐 수 있다. 블로그 등에 쓰는 긴 글뿐만 아

작가가 되기 위한 나만의 책 쓰기

니라 SNS 등에 쓰는 짧은 글 역시 독자들의 마음을 충분히 사로잡을 수 있다. 중요한 것은 글을 쓰는 사람이 갖는 글에 대한 진정성과 열정이다. 문장력의 경우에도 시나 소설처럼 문학적이 아니어도 괜찮다. 진정성 있고 가치 있는 내용을 정확한 문장으로 전달하면 된다. 이때 가치 있는 내용이라는 것 역시 교훈적이거나 특별한 감동을 줘야 한다는 말이 아니다. 글이 전달하는 가치나 독자들이 원하는 것 모두 과거와 다르다.

글의 가치는 문학적인 방식의 글쓰기가 아니어도, 그럴듯한 포장을 두르지 않아도 얼마든지 존재할 수 있다. 그저 자신이 쓰고 싶은 가장 간절한 이야기를 진지한 자세로 담아내면 된다. 어쩌면 작가라는 말은 허상에 불과한 것일지도 모른다. 글을 쓰는 사람! 중요한 것은 작가라는 허울이 아니라, 글을 '쓰는' 사람이어야 한다는 점이다.

책을 내는
몇 가지 방법에 대하여

의외일 수도 있고 아닐 수도 있지만 많은 사람들이 자신의 이름으로 된 책을 내고 싶어 한다. 이유는 제각각이지만 저자가 되기를 꿈꾸는 이들은 생각보다 많다. 실제로 그중 일부는 책을 쓰고자 이러저러한 시도를 하기도 한다. 이들은 책을 출간한 경험은 물론이고 작가로 활동한 적도 없기 때문에 자신이 정말로 책을 쓰고 낼 수 있는지 자신 없어 하는 경우가 많다. 그뿐만 아니라 작가가 아닌 자신의 기획이나 원고가 출판사의 관심을 받을 리 없다고 생각한다. 하지만 이런 생각은 사실과 다르다. 물론 출판사의 원고 검토를 통과하는 것은 어려운 일이지만 기획과 원고만 좋다면 글쓴이가 책을 낸 경험이 있는 작가냐 아니냐는 중요하지 않다.

작가가 되기 위한 나만의 책 쓰기

등단한 시인, 소설가인지 아닌지, 혹은 책을 출간한 경험이 있는지 아닌지는 출간을 결정짓는 절대적인 조건이 아니다. 글밥을 먹는 사람들이 내는 책만 의미 있는 것이 아니다. 시집이나 소설집이나 전문 저자들의 책을 내는 것도 의미 있는 일이지만 출판할 수 있는 책의 분야는 훨씬 많고 다양하다. 오히려 책을 처음 쓰는 사람들의 다양한 관심사가 멋진 기획이 되는 경우도 많다. 하지만 여전히 자신감이 없고 자신이 작가가 될 수 없을 거라고 생각하는 이들이 많다. 좋은 기획이나 원고를 가지고 있어도 무명에 작가도 아닌 사람의 책을 과연 출판사에서 내줄까라는 의구심을 품는다. 그뿐만 아니라 어떻게 원고를 투고하고 책을 내야 하는지 아예 모르는 경우도 있다. 이런 상황에서 글을 써서 출판사에 투고를 하는 것은 쉽지 않다. 그러나 출판사는 좋은 기획과 원고에 목말라 있다. 누구의 것이든 기획과 원고만 좋다면 얼마든지 책을 낼 수 있다.

하지만 쏟아져 들어오는 뻔한 기획과 원고 때문에 줄판 관계자가 피로감을 느끼는 경우가 더 많다는 점 역시 사실이다. 솔직히 말하자면 투고되는 원고의 대부분은 출간하기 곤란한 수준이다. 그러나 실망할 필요는 없다. 기획과 원고를 완성도 있게 만들기만 한다면 얼마든지 출판사와 계약할 수 있으니까 말이다. 물론 쉽지 않은 일이다. 실제로 출판사의 심사 과정을 통과한 기획이나 원고는 극소수에 불과하다. 하지만 기획이나 원고가 엉성해서 책으로 나오지 않는 것이지 저자가 유명하지 않아서 그런 것은 아니다. 이름이 알려진 작가가 책을 내기 유리한 것은 분명하지만 이름이 알려진 작가가 아니라는 이유만으로 거절당하지 않는다. 반대로 이름이 알려진 작가인 경우라도 기획과 원고가 좋지 않으면 거절당한다.

다만 책을 처음 쓰는 사람들은 어떤 기획이나 원고가 좋은 것인지 알 수 없을 뿐만 아니라 어느 출판사가 좋은 곳인지 알 수 없다. 그리고 어떻게 투고를 해야 하는지조차 알지 못한다. 그런 갑갑함을 풀고자 많은 사람들이 책 쓰기 강좌를 수강하기도 한다. 하지만 이런 강의는 신중하게 선택하여 수강해야 한다. 책을 내고 싶어 하는 사람들의 마음을 이용해서 돈벌이를 하는 이들이 많기 때문이다. 책 쓰기 강좌 중에서 과대광고를 하는 곳은 이상한 곳이라고 보면 된다. 수강생의 대부분이 책을 내고 그 가운데 상당수가 베스트셀러라는 식의 광고는 사실이 아니다. 자비 출판이 아닌 바에야 투고된 원고가 실제 책으로 나오는 경우는 매우 드물다. 주변에 들리는 말로는 이런 곳들의 수강료가 한 달에 수백만 원이라고 하는데 적정한 강의료 역시 아니다. 최근에는 책 내고 싶은 사람 10~20명 정도를 모집한 후에 이들의 짧은 글을 모아 몇 주 만에 책을 내주는 업체까지 등장했다. 단독 저서의 경우에 원고 쓰는 것이 힘드니 이런 꼼수까지 등장한 것이다. 1인당 백만 원이 훌쩍 넘는 돈을 받으니 업체의 수익도 어마어마하다. 일부이기는 하지만 괜찮은 책 쓰기 강좌가 있고 그곳에서 얻는 조언이 도움이 되는 것은 맞다. 하지만 책을 처음 쓰는 사람들이 어느 강좌가 좋은지 아는 것 역시 쉽지 않다. 괜찮은 책 쓰기 강좌를 찾지 못했다면 서점에 자주 나가 어떤 책들이 출간되고 있는지 살펴보고 책을 많이 읽는 것만으로도 충분하다.

책을 쓰기 위해서 가장 필요한 것은 좋은 기획이다. 그다음에 필요한 것은 끈기 있게 쓰는 것이다. 좋은 기획을 하는 사람들은 생각보다 많다. 하지만 좋은 기획을 끝까지 글로 써내는 사람은 매우 드물다. 좋은 기획의 경우에 어떻게 해서라도 한 권 분량의 원고를 마무리한다면 그것은 책으로 나올 가능성이 매우 높아진다. 그러나 200자 원고지 기준으로 600매에서 1,000매 정도 되는 원고를 매일매일 나누어 쓴다는 것은 생각보다 어렵다. 성실하게 매일매일 쓰는 것 이외에 다른 방법은 없다. 그저 쓰고 또 쓸 수밖에……

그렇다면 좋은 기획이란 무엇일까? 좋은 기획은 독자들에게 무엇인가를 줄 수 있는 책이다. 독자들이 일정한 금액을 지불하고 구매할 가치가 있는지 생각해보면 쉽게 답을 얻을 수 있다. 그것이 꼭 근사한 주제나 그럴듯한 것일 필요는 없다. 독자에게 유익하다는 것은 교훈이나 감동을 주는 것일 수도 있지만 흥미로운 것이거나 재미를 주는 것 역시 좋은 책이다. 책을 쓸 때 독자들에게 깨달음을 주거나 감동을 주려는 강박으로부터 벗어날 때 오히려 감각적이고 흥미진진한 원고를 쓸 수 있다. 그런데 베스트셀러 중에 그저 그런 깨달음과 감동을 그럴듯하게 포장한 책들이 있다. 이런 책을 전범으로 삼아 책을 쓰면 안 된다. 이러한 책의 상당수는 별 볼 일 없는 내용을 담고 있는 경우가 많을 뿐만 아니라 납득할 수 없는 이유로 베스트셀러가 된 경우가 많다.

그리고 자비 출판에 대한 이야기. 책을 내는 방법은 크게 작가가 인세를 받는 방식과 자비 출판 방식이 있다. 내가 이 책에서 이야기하는 것은 작가가 인세를 받는, 일반적인 출판 방식이다. 제대로 된 책을 내고자 한다면 인세를 받는 방식을 선택해야 한다. 물론 경우에 따라 출판 환경이 더 열악한 장르나 일반 출판이 어려운 원고의 경우는 자비 출판이나 초판 인세를 책

작가가 되기 위한 나만의 책 쓰기

으로 대신 받는 방식으로 책을 낼 수도 있다. 시집, 사진집, 희곡집, 평론집, 전문서 등이 그런 경우다. 이와 같은 장르는 출판 시장이 워낙 작기 때문에 자비 출판을 하는 경우도 많다. 하지만 이런 경우를 제외한다면 인세를 받고 책을 내도록 하자.

지금 이 책에서 이야기하는 것은 에세이다. 에세이의 경우는 인세를 받는 기획 출판이 아니라면 책 내는 걸 다시 한번 생각해보았으면 한다. 에세이의 경우는 인세를 받는 조건으로 출간하는 것이 충분히 가능하기 때문에 더욱 그래야 한다. 출판사에서 작가에게 인세를 주고 책을 내고자 한다는 것은 그만큼 기획이 좋고 독자들에게 다가설 수 있는 원고라는 이야기다. 독자에게 가치를 주지 못하는 책은 나무에게도 미안한 일이다. 완성도 높은 원고를 쓰기 위해서라도 그런 마음을 가져야 한다.

책을 낸다는 것은 과연 무엇일까? 책을 내는 것이 무엇이기에 사람들은 많은 돈을 들여서라도 책을 내고 싶어 하는 걸까? 유명해지기 위해서? 하고 있는 일에 도움이 될 것 같아서? 아니면 그냥 재미있어서? 책을 내는 이유는 저마다 다르겠지만 어떤 이유든 나쁘지 않다. 책을 낸다고 해서 당장 유명해지는 것은 아니지만 그런 과정을 경험하는 것만으로도 행복한 일이다. 때로는 현실적인 이익 때문에 책을 내는 것도 좋다. 작가가 일하는 직종과 관련된 책을 내는 경우에 인지도는 물론이고 몸값을 올릴 수도 있다. 이것을 세속적인 욕망이라고 욕할 필요는 없다. 좋은 글을 열심히 써서 책을 낸다면 그것만으로도 충분하다.

책을 쓴다고 해서 인생이 크게 바뀌지는 않겠지만 그것이 삶에 활력을 주거나 변화를 주는 것만은 분명하다. 그 과정에서 얻는 기쁨 역시 무척 크다. 설령 책을 쓰다가 포기를 하더라도 상관없다. 자신의 삶과 관심사를 생각하고 정리해보는 것만으로도 행복한 마음이 들 것이다. 모두가 책을 낼 필요는 없겠지만 한 번쯤 책을 내고 싶은 마음을 품어보자. 이전까지의 '나'와는 다른 '나'를 만날 수 있을 것이다.

작가가 되기 위한 나만의 책 쓰기

출판사에서 내 원고를
읽어줄까요?

책을 내고 싶을 때 먼저 드는 생각 중 하나는 '출판사에서 내 책을 내줄까?'이다. 책을 낸 경험이 한 번도 없는 사람이라면 충분히 할 수 있는 생각이다. 그런데 이 말은 출판사에서 책을 낼 수 있을지에 대한 궁금증이라기보다 출판사에서 책을 내주지 않을 것이라는, 부정과 좌절의 의미를 더 많이 담고 있다. 특히 인지도가 높은 출판사에서 책을 내는 것은 불가능에 가깝다고 생각하는 경우도 많다. 사람들이 이런 생각을 하는 데에는 여러 가지 이유가 있지만 스스로를 작가가 아니라고 생각하기 때문이다. 작가가 아니거나 인지도가 없는 작가가 유명 출판사에서 출판하는 것은 애초에 불가능한 것이라고 여긴다. 정말 그럴까? 작가가 아닌 사람의 글은 출판사에서 거들떠보지 않는 것일까?

결론부터 말하자면 전혀 그렇지 않다. 투고된 출간제안서와 샘플 원고는 어떤 방식으로든 검토를 한다. 그리고 기획과 원고가 좋다면 책을 낸 경험이 없는 사람이든 무명 작가든 상관없이 계약할 수 있다. 작은 출판사만 그런 것도 아니다. 이름만 대면 알 만한 대형 출판사에서도 연락이 온다. 에세이는 더욱 그러하다. 그러니까 문제의 핵심은 기획과 원고의 질이다. 특히 문장을 비롯한 원고 자체도 좋아야 하지만 더 중요한 것은 기획이다. 독자와 출판사가 흥미를 가질 만한 기획이라면 절반은 성공했다고 보아도 무방하다. 반대로 아무리 문장력이 좋다고 해도 기획이 별로면 출판될 가능성은 거의 없다. 다만 문제는 좋은 기획은 하기도 어렵고 그것을 원고로 완성하는 것도 쉽지 않다는 것이다.

솔직히 말하자면 책을 내고 싶어 하는 이들의 대부분은 그 꿈을 이루지 못한다. 책 한 권 분량의 원고를 쓰기도 힘들지만 어렵게 원고를 완성했다고 하더라도 출판사 검토 단계를 통과하기도 쉽지 않다. 출판사 담당자들은 이메일을 여는 순간 검토할 가치가 있는 원고인지 아닌지 단박에 안다. 그리고 이들의 판단은 크게 틀리지 않는다. 물론 편집자의 판단이 언제나 옳은 것은 아니다. 개인의 취향이나 안목이 다르기 때문에 다른 곳에

　　　　　　　　　　작가가 되기 위한 나만의 책 쓰기

서 퇴짜 맞은 원고가 통과되어 베스트셀러가 되기도 한다. 심지어 퇴짜를 놓은 출판사에서 뒤늦게 다음 책을 계약하자고 연락하는 경우도 있다. 물론 이런 경우는 아주 드물다. 그뿐만 아니라 이름이 알려진 작가의 원고가 반려되는 경우도 적지 않다. 좀 더 솔직히 말하자면 적지 않은 정도가 아니라 많다. 나 역시 반려 당한 경험이 꽤 된다. 그러니 위축될 필요는 없다. 물론 기분은 상하지만 말이다.

투고 원고에 대한 아쉬움을 토로하는 출판 관계자의 하소연을 들을 적이 많다. 이들은 한결같이 제대로 준비되지 않은 투고 원고의 문제점을 지적했다. 이메일을 확인하여 첨부된 출간제안서와 원고를 읽기는 하지만 그중 눈에 띄는 원고가 많지 않다는 것도 이들의 공통된 의견이다. 심지어 투고 이메일이 가장 많이 들어오는 월요일은 이메일을 열어보는 것이 스트레스라는 편집자도 있었다. 특히 책 쓰기 강좌에서 만들어준 똑같은 형식의 출간제안서를 보는 것이 고역이라고 했다. 원고를 보낸 작가 입상에서는 서운할 말이지만 투고된 원고를 보면 출판 관계자의 입장도 충분히 이해할 만하다. 그만큼 제대로 된 출간제안서와 원고를 찾아보기 힘들다.

그렇다고 출판 관계자들이 투고된 제안서와 원고를 검토도 하지 않고 폐기하는 일은 없다. 그러니 투고된 원고가 검토도 거치지 않은 채 폐기될 거라는 걱정은 하지 않아도 된다. 분명하게 말하지만 투고된 원고는 어떤 방식으로든 적절한 검토를 거친 후에 출간 여부를 판단한다. 출판사에서 원고를 검토하는 기간은 하루 이틀에서 수개월에 이르기까지 제각각이다. 책 제목과 제안서만으로도 괜찮은 책이 될지 어떨지 파악할 수도 있지만 이런 경우에도 대부분 출간제안서와 함께 샘플 원고를 검토한다. 평범한 삶을 살던 사람이 책을 내고 작가가 되는 것은 불가능한 꿈이 아니다. 얼마든지 가능한 일이다. 일반적인 에세이는 물론이고 인문 교양, 아동, 역사, 실용서 등 다양한 분야 모두 가능하다. 쉽지는 않지만 작가가 될 수 있는 기회는 누구에게나 열려 있다. 정말이다. 그러니 열심히 써서 투고하도록 하자.

투고할 때에는 책 제목, 기획 의도, 목차, 책 소개 등을 포함한 출간 제안서와 원고를 함께 보내면 된다. 원고는 두세 꼭지 정도의 샘플 원고를 보내도 되고 완성된 원고 전체를 보내도 좋다. 출판사에 따라 홈페이지에 투고 게시판을 운영하는 곳도 있지만 대부분 이메일로 보내면 된다.

작가가 되기 위한 나만의 책 쓰기

인세를 받는
작가입니다

작가와 관련하여 많은 사람들이 궁금해하면서도 선뜻 묻지 못하는 것이 있다. 작가들의 수입이 얼마일까라는 궁금증이 그것이다. 하지만 사람들의 궁금증은 작가들이 얼마나 벌어들일까가 아니라 얼마나 적게 벌고 있을까에 더 가깝다. 작가들이 적게 번다는 것은 세상이 다 아는 이야기인데, 특히 시인의 경우는 가장 적게 버는 직업 조사에서 늘 1~2위를 다툴 정도이다. 소설가 역시 10위 이내로 크게 다를 바 없다. 이런 정도이니 작가들이 적게 버는 것은 세상이 다 알고 있다고 해도 과언이 아니다. 에세이 작가라고 다르지 않다. 에세이 분야에 대형 베스트셀러가 종종 나오지만 그건 극히 이례적인 경우다. 99퍼센트의 에세이가 독자의 주목을 받지 않고 사라진다. 그러니 인세 수입이라고 해야 별게 없다.

조금 특이한 점은 작가들이 적게 번다고 알고 있으면서도 책을 써서 쏠쏠한 부수입을 올리고 싶어 하는 사람이 적지 않다는 거다. 글쓰기에 대한 막연한 환상이 만들어낸 것인지 아니면 자신이 하면 다를 것이라는 믿음 때문인지 모르겠지만 그런 이들이 꽤 있다. 심지어 금방이라도 베스트셀러 저자가 되어 큰돈을 벌 수 있다는 환상에 빠지기도 한다. 하지만 크게 기대하지 않는 것이 정신 건강에 좋다. 전업 작가로 사는 것은 당연히 어렵다. 그러니 직장을 다니고 있는 사람이라면 회사에서 잘리기 전까지 다니면서 글을 쓰기를 권한다.

　　물론 작가 중에 상당한 수입을 올리는 경우도 적지 않다. 하지만 베스트셀러 작가들을 떠올리며 갖는 환상은 자신이 보고 싶은 것만 보는 것과 다를 바 없다. 전체 작가 중에 웬만한 직장인 정도의 수입을 올리는 경우는 극소수에 불과하다. 좀 더 냉정하게 말하자면 거의 없다고 보는 편이 정확하다. 글만 써서 결혼을 하고 차를 사고 아이를 키우고 집을 장만하는 것은 (가능할 수도 있지만) 불가능에 가까운 일이다. 물론 작가로 성공하여 돈을 많이 버는 일이 나에게 일어나지 말라는 법은 없다. 실제로 당신이 그 주인공이 될 수도 있다. 하지만 0.0001퍼센트도 안 되는 가능성에 삶 전부를 건다는 건 너무 큰 모험이다. 인세

수입이라는 것이 극소수 베스트셀러 작가를 제외하면 크게 기대할 만한 것이 못 된다. 인세는 책값의 10퍼센트 정도를 받는데 15,000원짜리 책 초판 1천 부 기준으로 발생하는 인세 수입은 150만 원에 불과하다. 2천 부라고 해봐야 300만 원인데 책을 쓰는 기간을 감안하면 수입이 없는 것과 다를 바 없다. 1만 부를 팔면 1,500만 원, 10만 부를 팔면 1억 5천만 원의 인세가 발생하지만 현실적으로 1년에 1만 부 넘게 판매되는 책은 거의 없다. 100만 부? 이런 경우는 전생에 나라를 구한 사람이 아니라면 일단 마음을 비우자. 따라서 매년 책을 낸다고 하더라도 그것만으로 의미 있는 수입을 올리기는 힘들다. 그럼에도 작가들 중에 전체적인 수입이 일정 수준 이상 되는 사람들도 간혹 있다. 작가로 활동하며 받는 인세는 많지 않지만 작가 활동을 바탕으로 여러 가지 다른 일을 할 기회가 생기기 때문이다.

어떤 이들은 작가가 돈 이야기를 하는 것을 안 좋게 보기도 한다. 작가를 돈을 초월한 존재로 보는 경우도 있다. 하지만 작가도 생활인이다. 자신의 삶과 생활 전부를 포기하면서까지 글쓰기에 모든 것을 걸지 말라고 이야기하고 싶다. 생활이 감당이 된다면 글쓰기에만 집중해도 좋겠지만 그렇지 않은 경우에는 무엇이든 일을 하며 글쓰기를 병행하라고 말하고 싶다. 생활이 글에 앞서 있는 것은 아니지만 반대로 글 역시 생활보다 앞에 놓일 수 없다. 직장을 그만두고 자기 시간을 많이 갖는다고 더 많은 글을 쓸 수 있는 것도 아니다. 생활을 견디며 쓸 때 더 간절한, 더 절박한 글이 나올 수 있음을 잊지 말자.

작가가 되기 위한 나만의 책 쓰기

'팔리는 책'은
나쁘지 않습니다

우리는 왜 책과 연관된 것에 대해서는 심오한 태도를 보이는 걸까? 요즘 말로 '엄근진한' 태도가 바로 그것이다. 엄격, 근엄, 진지한 시선으로 책과 관련된 것들을 바라본다. 작가는 뭔가 지적이고 진지해야만 할 것 같고 작가의 삶 역시 남과 다른 특별한 모습이어야 할 것 같다. 하지만 그런 작가도 있고 아닌 경우도 있다. 그리고 책에 대해 갖는 사람들의 또 다른 고정관념 중하나는 잘 팔리는 책에 대한 거부감이다. (그런데 베스트셀러라면 색안경을 끼고 보는 사람도 자신이 쓴 책은 베스트셀러가 되어 인세를 많이 받았으면 한다. 이런 마음 역시 자연스럽다. 다만 책에 대한 사람들의 양가적 감정이 흥미롭다.) 물론 알맹이 없는 책이 베스트셀러가 되는 경우가 적지 않기에 갖는 생각일 것이다. 이런 경우라면 거부감을 갖는 게 당연하다. 하지만 책을 내고 싶은 사람이라면 '팔리는 책'에 대해 다른 시각으로 접근할 필요가 있다.

여기서 말하는 '팔리는 책'은 베스트셀러가 아니라 독자들
이 돈을 지불하고 구매할 가치가 있는 책을 말한다. 책을 살 때
지불하는 금액의 가치는 저마다 다르지만 아주 큰 돈이라고 할
수는 없을 것이다. 그렇다고 그 돈을 쓸데없이 써도 되는 건 아
니다. 별 내용도 가치도 없는 책을 샀을 때 아까운 생각이 들게
되는 것은 당연하다. 독자에게 책값에 상응하는 무엇인가를 주
지 못하면 곤란하다. 독자에게 줄 수 있는 책의 가치는 다양하
다. 그것은 감동일 수도 있고 정보일 수도 있으며 지식일 수도
있다. 어떤 경우에는 무작정 작가가 좋아서일 수도 있고 책이
예뻐서일 수도 있다. 독자마다 원하는 가치는 다르지만 무엇인
가 줄 수 없는 책에 독자는 실망하기 마련이다. 우리가 쓰는 에
세이도 마찬가지다.

그런데 '팔리는 책'을 쓰라고 하면 거부감부터 보이는 사
람들이 있다. 팔리지 않는 책은 가치가 없는 거냐며 항의하기
도 한다. 그런데 내가 이야기하는 '팔리는 책'은 많이 팔리는 책
을 말하는 것이 아니다. 책의 가치를 말하는 것이다. 독자가 돈
을 주고 샀을 때 후회하지 않을, 그만한 가치가 있는 책이어야

한다는 말이다. 많은 독자가 구매할 수 있어야 한다는 의미가
아니라 소수의 독자일지라도 그 책을 선택했을 때 후회가 없어
야 한다는 거다. 시집이나 사진집처럼 많이 팔리지 않는 장르
의 책일지라도 독자들에게 줄 수 있는 무엇인가를 가지고 있으
면 된다는 말이다. 상업적 의미가 아니라 책의 가치라는 의미에
서 '팔리는 책'이라고 말한 것이다. 책을 쓰고 싶다면 바로 이 지
점을 먼저 고민했으면 좋겠다. 작가 혼자 좋아서 쓰는 책일지라
도 독자가 가치를 느낄 수 있어야 한다. 혼자 간직하려고 펴낸
책이 아니라면 책과 독자의 관계는 떼려야 뗄 수 없다. 독자가
가치를 느낄 수 없다면 일기를 쓰거나 개인 블로그에 글을 쓰는
것만으로도 충분하다. 독자들이 사고 싶은, 그만큼 가치가 있는
책을 써야 한다. 여러분이 쓰는 책이 '팔릴 수 있는 책'인지 항상
고민해야 한다.

오지 않는 당신의 '처음' 문장을 위하여

에세이를 쓰려고 할 때, 우리는 곤혹스러운 마음에 벌써부터 마음이 편치 못하다. 창밖의 구름도 공원 벤치의 길고양이도 눈에 들어오지 않는다. 나아가지도 돌아서지도 못하는 그 어떤 순간처럼, 컴퓨터 앞에 앉아 어쩔 줄 모르고 허둥대기 시작한다. 컴퓨터를 켠 지 오래지만 텅 빈 화면에는 눈꺼풀을 따라 껌벅이는 멍텅구리 커서가 있을 뿐이다. 아! 대체 무엇을 어떻게 써야 하나. 당신의 문장은 몇 시간이 지나도록 오리무중이고, 한 치도 나아갈 기미가 보이지 않는다. 침몰하고 있는 독일군의 유보트처럼, 어쩌면 당신의 문장은 영원히 수면 위로 떠오르지 못할지도 모른다.

첫 문장. 에세이를 쓸 때 우리의 가장 큰 고민은 '처음 문장'이 떠오르지 않는다는 점이다. 그것은 마치 초등학교에 처음 입학했을 때처럼, 직장에 첫 출근 했을 때처럼 막막하게 다가온다. 사막 한가운데에서 길을 잃은 것처럼 당황스럽다. 첫 문장만 어찌어찌 해결하면 한결 나아질 것 같은데, 그게 쉽지 않다. 사람을 만났을 때 첫인상이 중요한 것처럼 글에서도 '첫'의 순간은 중요하다. 그것은 글 전체의 느낌과 방향을 전달할 뿐만 아니라, 글이 막힘없이 나아갈 수 있도록 하는 마중물이 된다.

글을 쓴다는 것은 어쩌면 첫 문장과 만나기 위한 애절함이자 고통이며 절박한 구애의 과정이다. 우리는 글을 잘 쓰는 사람이 부럽다. 멋진 문장으로 이루어진 작가들의 글을 볼 때면 부러운 감정을 넘어 좌절감마저 든다. 그러나 글의 '처음'은 쉽게 나오지 않는 법이다. 절대로! 정말로! 그렇다. 무슨 일이든 워밍업이 필요한 것처럼 글도 마찬가지다. 거짓말처럼 들리겠지만 처음엔 그저 책상에 앉아 있는 것만으로도 충분하다. 작가들 역시 첫 문장을 시작하는 것이 어렵기는 마찬가지이다.

글을 쓰는 것은 기계적으로 문장을 불러오고 조립하는 깃이 아니다. 글쓰기는 감각과 정서가 충만한 상태여야 하고, 빛나는 어느 순간을 포착한 이후라야 가능하다. 이 말은 멋지고 근사한 표현을 찾아야 한다는 것이 아니다. 독자의 마음과 글 전체를 품을 수 있는 상징이자 씨앗이 되는 생각과 문장을 찾아야 된다는 말이다. 작가들이 책상에 앉아 정작 글은 쓰지 않고 엉뚱한 일을 하는 것도 그런 이유 때문이다. 커피를 마시며 멍하게 창밖을 바라보기도 하고, 웹서핑을 하며 쓸데없이 시간을 보내기도 한다. 어떤 경우에는 하루 종일 딴짓만 하다 마는 경우도 있다. 그런데 이런 시간을 보내고 나서야 비로소 글의 '처음'은 시작된다.

처음은 누구에게나 쉽지 않다. 작가들의 글이 매혹적인 것은 그만큼 많은 시간과 노력을 기울이기 때문이다. 물론 타고난 글솜씨가 있는 사람이 더 멋진 글을, 더 수월하게 쓸 수 있을 것이다. 그러나 그런 이들이라고 하여 마음먹은 대로 글을 쓸 수 있는 것은 아니다. 그러니 글을 쓰려고 마음먹었을 때 곧바로 첫 문장이 떠오르지 않는다고 좌절할 필요는 없다. 한두 시간 전전긍긍하다 포기할 필요도 없다. 몇 시간 고민한다고 멋진 글이 나오는 것은 아니다. 작가들이 좋은 글을 쓸 수 있는 것은 글에 대한 재능만으로 설명할 수 없다. 그들도 기다림의 끝에 비로소 하나의 문장과 글을 마주한다. 그런 점에서 작가들은 첫 문장을 맞이하기 위해 끊임없이 '기다리는 사람'이다.

에필로그

글을 쓰기 위해 책상을 앞에 두고 앉았다는 사실이 중요하다. 정말로 이게 제일 중요하다. 그 후에는 글을 쓰기 위해 시간을 견디는 마음가짐이 필요하다. 이때 글을 완성하려는 조급증을 갖지 않는 것이 중요하다. 쓰고자 하는 확고한 의지만 있다면 책상 앞에 앉아 있는 시간을 여유롭게 즐길 필요가 있다. 우리가 제대로 글을 쓰지 못하는 이유는 시간을 견디지 못한다는, 의외의 지점에 있는 것인지도 모른다. 그저 창밖을 보고 커피를 마시며 시간을 보내는 것만으로도 충분하다. 책을 읽거나 신문 기사를 검색해도 좋다. 심지어 인터넷 쇼핑을 해도 괜찮다. 글을 쓰고자 그 자리에 앉아 있다는 사실이 제일 중요하다.

내가 첫 문장을 쓰기 위해 기다리는 시간이 생각난다. 이른 아침 카페가 문을 여는 시간에 맞춰 집을 나선다. 일찍 일어나는 것이 쉽지 않지만 이런 의지가 없으면 쓰는 삶을 이어갈 수 없다. 카페 문을 열고 들어서면 전등의 따뜻함이 만들어낸, 안온하고 고요한 순간이 앞에 펼쳐진다. 노트북을 켜고 커피를 주문하고 자리에 앉는다. 아늑한 조명과 은은한 커피 향의 한가운데 앉아 아침 거리를 바라보는 것은 특별한 여유로움이다. 테이블에 책과 손목시계를 가지런히 올려놓고 손가락으로 노트북의 자판을 톡톡 두드린다. 아직 찬 기운이 남아 있는 손은 그러나 아무런 문장도 만들어내지 못하고 그저 시간을 흘려보낼 뿐이다.

글을 쓰려고 카페에 나간 것이기는 하지만 아침 거리를 바라보는 것만으로도 이 시간은 언제나 각별한 느낌이 든다. 그러나 이런 기분과는 별개로 글의 행방은 오리무중인 경우가 많다. 아침 거리를 바라보다 글을 쓰려고 다시 노트북을 쳐다보지만 생각은 여전히 머릿속에서만 웅성거릴 뿐 아무런 문장도 떠오르지 않는다. 카페에서의 시간은 덧없이 흘러간다. 그럴 때면 마음이 조급해지기도 하지만 이런 시간이 글쓰기의 과정이라는 것을 알기에 이 순간의 한가로움을 그저 즐기려고 한다. 아무것도 쓰지 못한 채 어느덧 밝아온 아침 햇살에 눈이 부시다.

마음에 드는 글은 대개 첫 문장이 결정한다. 따라서 글에 대한 고민의 대부분은 글의 처음에 대한 것이다. 워밍업에 오랜 시간을 들이는 것도 결국 글의 처음을 잘 풀어내기 위해서이다. 우리의 삶에 첫 출발이 중요한 것처럼 글을 쓸 때 역시 처음이 중요하다. '처음'을 완전히 장악하지 않고 쓰기 시작한 글은 누군가의 마음을 사로잡기 쉽지 않다. 그런 글은 감흥 없는 문장이 될 여지가 많다. 그런 점에서 삶이든 글이든 '첫'의 순간은 소

에필로그

중하고 중요하다.

그런데 때로는 생각을 거치기 이전에 몸의 감각만으로도 글을 쓸 수 있어야 한다. 몸의 감각으로 글을 쓴다고? 말도 안 되는 소리 같다. 하지만 몸이 기억하는 문장은 분명히 존재한다. 물론 글이 우리의 생각으로부터 비롯되는 것은 맞다. 하지만 생각 이전에 몸의 감각이 기억하는 문장이 좋은 경우는 의외로 많다. 그리고 글쓰기에서 감각이 이성에 앞서 작동하는 경우도 생각보다 많다. 머리로 생각을 정리하거나 가슴으로 느낀 감정을 정리하기 전에 몸의 감각인 손이 먼저 문장을 만들어내는 것이다. 이런 방식의 글쓰기는 생각을 정리하는 것보다 더 감각적인, 좋은 글을 만들어낸다.

우리는 글쓰기를 이성의 산물이라고만 생각하는 경우가 많다. 하지만 이성적이고 논리적인 것에 사로잡힌, 재미없는 상상은 재미없는 글쓰기이다. 머릿속에 떠오르는 것을 정리하지 말고 그냥 감각적으로 옮겨보자. 글의 처음을 시작할 때 너무 많은 생각을 하지 않는 것도 하나의 방법이다. 그렇게 시작하는 '처음 문장'은 분명 이전과는 다른 느낌으로 우리의 마음을 사로잡을 것이다. 주제를 직접 말하지 말고 눈앞에 보이는 사물에 대한 엉뚱한 이야기를 늘어놓는 것도 좋은 방법이다.

'처음 문장'을 떠올린다. '처음'과 '첫' 그리고 '애초'…….
무엇으로 부르든 처음의 자리는 언제나 끝의 순간을 예비하기
마련이다. 처음의 자리가 단단하지 못하다면 그것이 무엇이든
우리의 마음을 사로잡는 매혹이 되기 힘들다. 당신은 첫 문장에
게 인사를 건네고 나서 마지막 문장과 마주하기 위해 시간을 견
디고 견디며 쓰고 또 써야만 한다. 좋은 글을 가능하게 하는 것
은 결국 시간이다. 이 모든 것을 가능하게 하는 것이 시간의 힘
임을 잊으면 안 된다.

이제 우리의 시간을 떠올려보자. 책상 앞에 얼마나 앉아
있었는지, 쓰는 시간을 일부러 만든 적은 있는지 말이다. 쓰는
시간과 하염없는 기다림. 그곳으로부터 어떤 '처음'의 순간이 펼
쳐질지 떠올려보자. 시간을 견디며 컴퓨터 앞에 하염없이 앉아
있는 누군가가 있다. '처음 문장'과 마주하기 위해 시간을 견디
는 누군가는 이제 곧 글의 입구의 하나의 문장과 만나게 될 것
이다. 그리하여 비로소 쓰는 시간 위에 놓이게 될 것이다. 에세
이 역시 바로 그 자리에서 시작되기 마련이다.

에필로그